KB049584

먹고사는 게 전부가 아닌 날도 있어서

먹고사는 게
전부가 아닌 날도 있어서

14년 차
번역가 노지양의
마음 번역 에세이

노지양 지음

북라이프

먹고사는 게 전부가 아닌 날도 있어서

1판 1쇄 발행 2018년 12월 25일
1판 2쇄 발행 2019년 1월 20일

지은이 | 노지양
발행인 | 홍영태
발행처 | 북라이프
등 록 | 제313-2011-96호(2011년 3월 24일)
주 소 | 03991 서울시 마포구 월드컵북로6길 3 이노베이스빌딩 7층
전 화 | (02)338-9449
팩 스 | (02)338-6543
e-Mail | bb@businessbooks.co.kr
홈페이지 | http://www.businessbooks.co.kr
블로그 | http://blog.naver.com/booklife1
페이스북 | thebooklife
ISBN 979-11-88850-36-5 03810

웃기고, 속 깊은
나의 사랑하는 동생
지혜에게

프롤로그

퍼트리샤 하이스미스의 단편집 《완벽주의자》에는 〈머리로만 책을 쓴 남자〉라는 단편소설이 실려 있다.

> 에버렛 테일러 치버는 종이가 아닌 머릿속에 책을 썼다. 그는 예순두 살에 세상을 하직할 때까지 소설 열네 권을 써서 127명의 인물을 만들어냈으며 적어도 자신은 그 모든 인물들을 또렷이 기억했다.

이 남자는 젊은 시절 소설 한 편을 써서 출판사에 보내고 친구들에게 보여주었다가 혹독한 평을 듣고 그때부터 머릿속으로만 소설을 쓰게 된다. 결혼해서도 전업 작가로서 하루 종일 서재에 틀어박혀 진지하게 소설을 쓴다. 타자기에 껴놓은 빈 종이에는 단어 하나 써넣지 않은 채. 아내와 아들에게는 말한다. "쓰는 건 나중에 하면 되지. 중요한 건 생각해내는 것이니까."

읽으면서 회초리로 맞고 있는 것만 같았다. 나야말로 '머리로만 에세이를 쓴 여자' 아닌가.

나는 문학소녀였다가 영문학을 전공하고 방송 작가가 되었다가 번역가로 14년 넘게 일하며 수십 권의 책을 번역했다. 나름대로 독서광이자 영화광에 예민한 감수성을 지니고 있으며 관찰력과 유머 감각과 언어 감각도 없진 않은 듯하니 이만하면 작가가 될 모든 필요 충분 조건을 갖추지 않았나. 심지어 대학교 4학년 2학기, 화장품 회사에 이력서나 내볼까 싶어 진로상담실에 갔더니 언제나 멋진 필체로 실은 크게 도움이 안 되는 추천서를 써주던 인자한 담당 선생님이 내 이름을 보고는 말했다. "일반 회사에 취직하려고요? 이름이 작가 이름인데?"

작가스러운 이름을 갖고 작가처럼 생긴 나는(처음 보는 미용사 선생님이 그렇게 말해주었다) 글을 쓰지 못했다. 이유나 핑계는 얼마든지 길어낼 수 있었는데 아무래도 우리 집 옷장이나 내 몸에 장착된 칩에 '글 못 쓰는 이유가 가득 담긴 화수분'이 하나 있었음이 틀림없다. 방송 작가 시절에는 방송 원고를 쓰고 청취자 사연을 정리하고 저녁에는 친구들과 스트레스를 풀어야 하기 때문에 내 글을 쓸 시간과 여유가 없다고 말했다. 번역은 더 완벽한 방패막이였다. 하루 종일 모니터 앞에서 문장을 다듬느라 지쳐 일하는 시간 외에는 노트북 문서창을 절대 열 수가 없다고 중얼거렸다. 게다가 나는 매일 일정 시간 가사노동을 하고 7시 반이면 집에 들어오는 남편과 성장기 아이를 위해 꼬박꼬박 저녁을 해다 바쳐야 하는 주부가 아닌가. 오후 6시 이후와 주말은 내 시간이 아니기에 글을 쓸 시간과 에너지를 도저히 만들어낼 수가 없다고, 누가 묻지도 않았는데 혼자 대답했다.

아무 핑계도 없는 작업 조건을 만드는 수밖에 없겠다 싶어서 번역을 석 달 동안 그만둔 적도 있다. 그 석 달 중 두 달 동안 넷플릭스 다큐멘터리를 통해 알래스카 사람들과 북극곰에 대한, 몰라도 사는 데 아무 지장이 없는 잡다한 정보를 수집할 수 있었다.

핑곗거리가 동나자 과연 내가 정말 작가가 되고 싶은지 아니면 작가라는 이름을 얻고 싶은지 솔직하게 되돌아보는 시기가 찾아왔다. 나도 혹시 북토크를 하고, '네임드'가 되고, 인정과 관심을 한 몸에 받으며 에고를 채우고 싶은 걸까. 열등감 해결의 마지막 보루라 생각하는 걸까. 하지만 내가 사람들 앞에 나서거나 말하는 것을 그리 즐기지 않으며 관심을 받고 싶어 안달하던 시기도 지났음을 알게 되면서, 진정 글을 쓰고 싶은 이유가 단순한 허영심은 아니라는 결론을 냈다.

글을 쓰고 싶고, 써야만 이 들끓는 마음이 진정될 거라는 생각은 나를 떠나질 않았다. 먹고 살고 웃고 춤추고 노래하고 기도하고 사랑하고 행복하고. 그럼에도 불구하고 그게 전부가 아닌 날도 있으니까.

"글 쓰고 싶다."라는 가사로 된 99절 노래를 부르며 주변인을 괴롭혔던 사람이 어떻게 천천히 문서창과 수첩을 열게 되었는지, 만성 욕구불만이었던 사람이 내면의 빈 공간을 무엇으로 채울 수 있었는지 이 책에 넘칠 정도로 담겨 있으니 혹시라도 나와 같은 분이 있다면 손을 살짝 들어 하이파이브 하면서 읽어주면 좋겠다. 머리로만 책을 쓰던 우리 중 한 명이 다행히 60세가 되기 전에 책 한 권은 썼다는 걸 축하해주시면서.

2018년 겨울
노지양

차례

3 • 불행하지만은 않은 마음

4 • 여자로 살아가는 마음

1

일하는 마음

NO. 01

동네 마트를 벗어나고 싶다

go places

'go places', 구어라서 책보다는 영화나 미드에 자주 등장하는 표현이다. 여행을 떠난다거나 다양한 장소를 다닌다는 말이라기보다 '성공하다'라는 뜻으로 쓰인다.

이를테면 미국 중서부의 작은 마을 고교 동창회에 뉴욕에서 영화감독이나 사업가가 되어 승승장구하고 있는 친구가 나타난다. 고등학교 졸업 후 졸업 무도회의 '스위트하트'와 결혼해 15년째 낚시 전문점을 하고 있는 동창이 그를 부러워하며 말한다.

"너 'go places' 하고 있다며? 우리는 너 그렇게 될 줄 알았어."

어번 딕셔너리urban dictionary에는 이렇게 뜻풀이가 나와 있다.

to be successful, to achieve, to become a winner 성공하다, 성취하다, 승자가 되다

'여행하다, 여러 장소를 다니다'와 '성취하다, 성공하다'는 얼마나 자연스럽게 어울리는 짝이며 '아하' 하고 무릎을 치게 만드는 직관적 표현인가? 미국 아이오와 대학교 창작자 레지던스에 초대된 작가라거나 안식년을 맞아 영국의 한 대학에 체류하는 교수 이야기는 성공과 여행이 하나가 된 예처럼 보인다. 배우 같은 화려한 직업은 말할 것도 없고, 남들은 잘 모른다 해도 각자의 직업에서 더 높은 단계로 올라갈수록 세상은 한 발씩, 때로는 성큼성큼 넓어진다. 물론 그날까지 실패의 쓴맛도 봤을 것이고 고독하고 지난한 세월을 지나왔겠지만 일단 이름을 알리고 나서부터는 생각지도 못한 기회가 주어져 생각지도 못한 장소에 발을 딛게 되었다고 말하는 이들을 본다.

이것은 단순히 통장에 돈이 많아 고급 휴양지를 여행하는 것과는 다른 개념이다. 그리고 나는 내가 얼마나 'go places' 하고 있지 못한가를 떠올리며 익숙한 한숨을 쉰다.

경기도에 거주하는 주부라는 생활 조건은 서울의 문화생활

도 어렵게 만들고, 번역가라는 직업 조건은 책상 앞에 있는 시간만을 무한대로 늘려놓는다. 사실 번역으로는 자리를 잡았다 할 수도 있지만 번역가는 아무리 많은 책을 번역해도 그림자일 뿐이고 일은 곧 자발적 고립을 의미한다. 작업 의뢰를 받으면 기쁘긴 하지만 편집자들의 잘 부탁드린다는 말은 이렇게 들리기도 한다. "선생님 이제 2개월, 아니 올해 말까지는 꼼짝 못하는 거 아시죠? 여름휴가 반납할 준비 되신 거죠?"

이런 이중 트랩에 갇혀 나의 생활 반경은 갈수록 좁아지고, 참신하고 반짝인다 자부했던 감수성과 사고마저 쳇바퀴를 돈다. 나의 전형적인 하루 풍경은 아침에 버스를 타고 작업실에 가서 말없이 일하다 저녁이면 집 앞 마트에 가서 에코백에 저녁거리들을 꾹꾹 눌러 담고 무거운 발걸음으로 집까지 천천히 걸어오는 것이다. 여기서 영감을 받아 스탠드업 코미디의 조크를 한번 써보았다.

영어로 성공하다를 'go places'라고 하는데요. 이 단어를 볼 때마다 속상합니다. 제가 그렇지 못해서요. 어쩌면 이렇게 매번 같은 장소만 오갈 수 있죠? 저는 제 인생의 몇 분의 일을 집에서 5분 거리인 O 마트 계산대에 서서 우유와 삼겹살이 바코드에

찍히는 모습을 보고 있어야 할까요? 생각할 때마다 침울해집니다. 답답해요. 앞으로 남은 평생 이렇게 살게 될까 봐 괴롭습니다. 뛰쳐나가고 싶습니다. 저도 go places 하고 싶어요… 청담 SSG 푸드 마켓에 가고 싶어요. 사러가 마트에도 가고 싶습니다. 스타필드 하남 마트에는 우리 동네 마트와 다른 물건을 팔겠죠? 우리 동네 마트가 아닌 다른 마트에 가는 걸 허하라!

직업적으로 성공해 날 불러주는 곳에 가서 다양한 사람들을 만나고 넓은 세상을 경험하는 것은 대략 글렀다고 보고, 그럼 이제 내가 돈을 모아 여행을 가는 쪽으로 방향을 틀어보도록 하자. 어차피 공간을 경험하고 시야를 넓히고 싶은 거라면 자금과 체력만 있다면 얼마든지 더 넓은 세계를 내 것으로 만들 수 있지 않은가.

흠, 글쎄다. 이 또한 같이 사는 사람의 성격과 경제적 조건이 맞물려 나에게 그리 와닿지 않는 이야기가 되었다. 그저 전국 대명 콘도와 한화 콘도의 워터파크는 남들보다 확실히 많이 가봤다고 말하고 지나가겠다.

그런데 성공하지 못하고 여행을 자주 하지 못한다 해도 말이지, 하루하루가 이렇게까지 '복붙'일 필요가 있나?

작년 가을, 책을 한 권 마치고 현대 미술관과 서촌과 경복궁을 맘껏 쏘다니며 홀로 감격에 젖었던 하루가 있었다. 사진을 100장은 넘게 찍었다. 어찌나 충만했는지 이렇게 한 달에 하루만이라도 도시의 새로운 길을 걷는다면 무료하고 지루한 나날을 지속할 수 있을 것만 같았다.

아마 그래서였을 것이다. 갑자기 망원동의 한 출판사 강의에 등록한 것은. 사실 망원동은 몇 년 전 번역가 동료들과 작업실을 함께 쓰며 특별한 추억을 많이 만들었던 공간이다. 몇 해 사이에 달라진 거리 풍경과 온갖 아기자기한 맛집, 카페 들이 나에게 다시 오라고 손짓했다. 매번 강의를 갈 때마다 새로운 카페의 커피를 맛보고 낯선 골목길을 걸으며 리베카 솔닛이 《걷기의 인문학》에서 말한 것처럼 '그 장소에 기억과 연상이라는 씨앗을' 심고 왔다.

물론 'go places'와 나의 서촌 · 망원동 탐험은 아무런 관계도 없다. 하지만 이렇게라도 하지 않으면 점점 더 불만만 가득한 사람이 될 것은 확실했기에, 저 단어 앞에서 작아질 것이 확실했기에 나만의 해소법을 찾아본 것뿐이다. 글로리아 스타이넘도 《길 위의 인생》에서 말하지 않았나.

문을 나서는 순간, 모험이 시작되니까요.

내 앞에 있는 큰 문이 닫혀 있다고 생각한 적이 많았다. 하지만 찬찬히 찾아보니 작은 문들은 열려 있었고, 그 문은 생각보다 다양한 장소로 통했고, 부엌 싱크대와 작업실 책상에서 만나지 못했던 다채로운 풍경과 사색의 가능성을 선물했다.

그래서 어디가 되었든 올해는 집과 작업실이 있는 동네를 몰래몰래 벗어나보리라, 다른 지붕과 다른 나무와 다른 얼굴을 보고 오리라 다짐한다. 그날 저녁에도 같은 마트에서 요거트와 소불고기를 사고 있겠지만, 그 앞에서의 한숨은 줄어들지 모른다.

그리고 'go places'의 뜻처럼 사비를 들여서가 아니라, 가족이 움직여서가 아니라, 재능이나 커리어 덕분에 언젠가 '이곳에 초대받게 될 줄은, 이런 곳에 오게 될 줄은 몰랐어' 하고 생각하게 될 순간이 오길 조심스레 기대한다.

아직 상상까지 포기하진 않았다.

♠후기: 솔직히 말하면 이 글을 쓰고 나서도 일일 도시 탐험은 자주 하지 못했고 여전히 작업실과 마트와 집만 오가는 판에 박힌 생활을 했다. 그러나 내가 번역한 책 《헝거》 북토크에

초대되어 대구에 내려갔고 교통방송의 한 프로그램에 게스트로 출연하기 위해 상암동에도 갔다. 한여름 대구에선 사람들이 대형 우산을 양산으로 쓰고 다닌다는 사실과 상암동은 교통이 불편해 지하철에서 내려 버스를 갈아타야 한다는 사실을 알았다. 사진을 수십 장 찍을 만큼 마음을 사로잡은 풍경은 없었다. 그러나 이 두 장소는 오로지 내 직업 덕분에 가게 된 것이다. 조심스러운 기대와 상상이 해가 되지는 않은 듯하다.

NO. 02

경력은
나쁜 남자 친구

career

우리나라에는 잘 번역되지 않는 미국 베스트셀러들이 있다. 스탠드업 코미디언이나 시트콤 작가들이 쓰는 미국식 유머가 가득한 책이다. 내가 가장 사랑했던 시트콤인 〈결혼 이야기〉mad about you의 남자 주인공이자 연출자 폴 레이저가 쓴 《Couplehood》라는 책은 1990년대 엄청난 베스트셀러이자 스테디셀러지만 국내에 번역되지 않아 원서로 사서 읽었다. 무척 재미있는 책인데 한국 독자는 나 포함 10명쯤 되려나 모르겠다. 티나 페이의 《Bossypants》와 민디 캘링의 《Is Everyone Hanging Out Without Me?(And Other Concerns)》도 원서로 읽었다.

그런데 최근 미국 코미디언 에이미 폴러의 《예스 플리즈》가 번역 출간되어 미국 연예인 책 애독자인 나에게는 기쁜 소식이 아닐 수 없었다. 이들은 같은 이야기라도 익살스럽고도 예리한 비유를 들어 할 줄 안다. 폴러가 이 책에서 경력이란 나쁜 남자 친구 같다고 하기에 무슨 소린가 들여다보았다.

> 꿈이든 목표든 나쁜 남자 친구를 대하듯이 해야 한다.
> 여러분이 원하는 일은 여러분을 신경 쓰지 않는다. 다시 연락하거나 부모님에게 소개해주지도 않을 것이다. 여러분이 있든 말든 다른 사람들과 대놓고 놀아날 것이고 여러분의 생일도 까먹고 차를 빌려가서 망가뜨릴 것이다. 원하는 일을 너무 자주 불러대면 여러분을 뻥 차버릴 것이다. 절대로 자신의 부인을 떠나지 않을 것이며 난봉꾼이란 사실을 다들 알지만 여러분 혼자만 모른다.
> 여러분이 원하는 일은 절대로 여러분과 결혼하지 않을 것이다.

'일'이란 무엇일까 많이 생각하는 편이다. 번역가가 번역에 대해 글을 쓰게 되는 이유도 아마 평소에 일밖에 하지 않기 때문일 것이다. 생활이 일이고 일이 생활이니 건져낼 소재가 번역의 고단함과 보람, 번역했던 책에 대한 감상, 번역을 하면서 느끼는 감정 등 '번역과 나'뿐이다. 워낙에 경제적 보상이나 명예를 가져다주는 일이 아니고 좋아서 하는 일에 가깝다 보니 일이 나에게 어떤 의미인지 자꾸 생각하게 되는지도 모른다.

번역을 한 지 8~9년쯤 되던 해부터 몇 년간 권태기를 앓았다. 사람 상대에 소질이 없는 내가 촉촉한 심야 라디오 원고를 쓰는 것이 방송 작가인 줄 알고 도전했다가 인정도 기쁨도 얻지 못하고 있을 때 만난 상대가 번역이었다. "어머나. 혼자 집에서 일해도 돈을 번단 말이야?" 작은 서재 한구석에서 책장을 넘기며 이렇게 감격했고, 번역에 양발을 풍덩 담갔다. 제발 나를 사랑해달라며 자존심도 없이 따라다녔고, 다행히도 시작한 지 3년쯤 지나자 자리를 잡아갔다. 초창기에 번역한 자기계발서는 강남 교보문고의 가장 알짜 자리에 배치되어 서점의 은은한 조명 아래 반짝반짝 빛났고 방송 작가를 하며 단련된 글솜씨(?) 덕분에 톡톡 튀면서도 맛깔스러운 번역이라는 칭찬도 많이 받았다. 이름이 특이해서 덕을 보기도 했다. 어찌 보면 번역계에서 뜨는 번역가라고 할 수도 있었다. (애초에 그런 것이 존재하는지 모르겠으나.)

그러다 언제부턴가 내가 번역한 책들이 전혀 주목을 받지 못했고 의뢰는 줄었으며 '내가 출판사와 편집자들이 별로 찾지 않는 번역가가 되었구나' 하는 생각에 기운이 뚝뚝 떨어지고 밤에 잠이 잘 오지 않기도 했다.

물론 번역한 책이 일간지에 소개되고 베스트셀러가 된다고 해서 번역가의 원고료가 획기적으로 오를 리도 없고 작가 대접을 받을 리도 없다. 그러나 조금 더 내가 좋아하는 책을 고를 수 있는 선택권이 있을 테고, 그렇다, 자신감이나 자부심이 영양분을 공급해 나를 건강하게 만들어줄 것이다. 그래서 매번 책이 나올 즈음엔 기대를 걸었다.

한번은 아이에게 이렇게 물었다.

"엄마가 이번에 번역한 책 잘 팔릴 것 같아. 저자가 상도 받은 책이야. 잘됐지?"

아이는 특유의 무심한 태도로 팩트 폭력을 가했다.

"근데 책이 잘 나간다고 사람들이 번역가를 알아주나?"

"…응. 그렇긴 그래."

그럼에도 불구하고 번역가의 보람이란 내가 주말도 없이 한 땀 한 땀 공들여 한 번역이 조금이라도 더 많은 독자에게 읽히는 것 아니겠는가. 번역 칭찬까지도 필요 없고 그저 내가 만진 문장이 감동을 준다면, 인용이 된다면 조금 더 힘이 날 것 같은데…. 그리고 독자들은 모른다 해도 나에게 중요한 사람인 편집자들은 알아주고 그들이 부탁하는 책의 무게감이 달라질 수는 있을 것이다.

하지만 여전히 1년에 책은 몇 권 나오지 않았고 출간이 되어도 나왔는지 아닌지 모르게 사라졌으며 편집자들의 태도와 말투가 전과는 다르다고 느꼈다.

어느 날은 원고를 넘긴 지 거의 8개월이 지나 원고료를 받으려고 전화했더니 편집자가 "아직 출간이 되지 않았잖아요. 지금 외근 중이라 바쁩니다."라고 말하고 전화를 끊어버렸다. 작업실 근처 카페였고, 좋아하는 후배와 즐겁게 대화를 나누던 중이었다. 또 한번은 번역하기로 했던 책의 마감을 한두 달만 미뤄달라고 부탁했는데, 다음 날 담당자가 전화를 해서는 신경질적인 말투로 아직 작업을 시작 안 했으면 책을 다시 돌려달라고 말했다. 그 전화를 받은 건 마트의 스파게티 소스와 간장 코너 사이였을 것이다. 잠깐 동안 뭘 사러 왔는지 기억이 나지 않았다. 내 번역이 형편없고 오역이 많다며 "백 번 천 번 생각해봐도 번역료를 다 드릴 수 없습니다."라고 적힌 메일을 받은 날도 있다. 뜨거운 햇살이 쏟아지던 한여름이었고, 음식물 쓰레기를 버리러 가다가 쓰레기통 앞에 잠시 주저앉았다. 백 번 천 번 생각해봐도. 백 번 천 번 생각해봐도. 그렇게까지 세차게 뺨을 맞은 기억은 없는 것만 같았다.

개인적으로도 심란한 시기였기에 당시 나를 지탱해주는 건 일밖에 없었다. 그런데 내가 번역마저 못하는 사람이라면 대체 나는 뭘 잘하는 사람일까. 존재 이유가 무엇인가. 이제는 실존적 위기에까지 처했다.

《나쁜 페미니스트》 번역을 의뢰받았던 날이 바로 어제처럼 기억난다. 단풍이 서서히 물들기 시작한 맑고 쾌청한 가을날, 늘 번역을 하던 단골 카페에서였다. 모르는 전화번호로 전화가 왔고 처음 연락을 준 편집자가 친근하게 말했다.

"제가 선생님이 번역하신 책들을 보고 선생님을 찾아냈어요."

처음인데도 말이 잘 통해 한참 책 이야기, 번역 이야기를 하면서 아직은 따뜻한 오후 햇살을 받으며 담쟁이덩굴을 조금씩 뜯어내던 기억도 난다.

그리고 그해 겨울, 아이 겨울방학 아침에는 자고 있는 아이가 조금만 늦게 깨길 바라며 쉬지 않고 일을 했고, 아이가 영어 학원에 가면 무거운 노트북과 책을 이고 지고 사람이 적은 카페로 가서 트와이스의 〈우아하게〉를 들으며, 화장실도 참아가며 두세 시간을 꼬박 집중했다. 그 당시 일기를 보면 "너무 힘들어서 숨도 쉬기 힘들고 말도 나오지 않아 소파에 가만히 누워 있었다. 진심으로 과로사가 걱정될 정도다."라고 쓰여 있다.

그렇게 나온 《나쁜 페미니스트》는 그해의 책이 되었다.

사실 편집자도 나도 이 책이 이렇게까지 센세이션을 일으킬 줄은 꿈에도 몰랐다. 그저 하던 대로 쉽게 읽히도록 번역하려 노력했고 워낙 원고가 좋았기 때문에 더 잘하고픈 욕심이 나기도 했다. 책이 나온 후 전혀 기대치 못했던 번역 칭찬이 곧잘 들려왔고 그것을 증명하듯 의뢰가 끊임없이 들어와 때로 이틀에 한 번꼴로 거절을 해야 했다.

우연히도 이름이 비슷한 《나쁜 페미니스트》는 나쁜 남자 친구가 아닌 좋은 남자 친구가 되어 나를 부모님에게 소개하고 사랑한다 말하고 행복하게 해주겠다고 약속한 것이다.

직장이라고 치면 승진을 했다고 할 수 있을까. 프로젝트가 성공을 거둔 것이었을까. 지금까지 50~60여 권을 번역했어도 딱히 대표작이라고 내세울 만한 것이 없었는데, 이제 무슨 책을 번역했다고 하면 상대가 고개를 끄덕이는 책이 생겼다.

하지만 《나쁜 페미니스트》의 영광스러운 나날이 어느 정도 지난 후에는 또다시 몇 년 전과 비슷한 날들이 반복되었다. 《나쁜 페미니스트》만큼이나 최선을 다해 번역한 책들이 또다시 독자의 외면을 받기도 했고 번역료는 변함없었고 한 달에 내가 번 번역료를 계산해보면 한숨이 나왔으며 잠시 일이 끊기기도 했고 작업실에서 외로움과 배고픔과 싸워야 했다.

폴러가 말한 '일'은 아마 영어로 'career'일 것이다. 이 단어도 의외로 번역하기가 쉽지 않다. 단순히 경력이라고 하기에는 연차가 쌓이면서 점점 승진하고 인정받고 연봉도 늘어난다는 느낌까지 담아야 해서 가끔은 커리어라고 그대로 두고 싶어진다.

나는 성실한 직업인으로 주어진 어떤 업무도 허투루 대한 적 없지만 커리어는 내 마음대로 되지 않았다. 《나쁜 페미니스트》를 번역하기 전까지 번역가로서 연차는 쌓았어도 커리어라는 단어를 붙이기에는 어쩐지 껄끄러웠다. 그런데 그 뒤로 페미니즘 책 번역서만 다섯 권이 넘어가면서 '번역 커리어'라는 단어가 어색하지는 않게 되었다. 하지만 앞으로 또다시 승진할 기회가 있을지, 더 좋은 회사로 이직을 할 수 있을지, 지금 이 상태로 몇 년이나 머물게 될지는 정말 모르겠다.

번역가로서의 경력은 폴러의 말처럼 미국식 나쁜 남자 친구였다. 아무리 지고지순하게 사랑하고 가끔은 애태우며 나를 보아달라고 말해도 나의 진가를 알아주지 않다가 전혀 기대하지 않았을 때 사랑한다 말하기도 하고 그러다 다시 연락을 끊기도 했다. 하지만 당분간 혼자여도 상관은 없고 외롭지도 않다. 누가 날 사랑해주건 그러지 않건, 청혼 반지를 꺼내건 말건 내가 매 순간 그 대상을 진심으로 대했다는 사실에는 변함이 없으니까. 적어도 한 번은 괜찮은 여자였으니까. 괜찮은 여자는 홀로 있어도 빛이 나고, 언제 어디서나 고개를 들고 당당히 걷는 법이니까.

NO. 03

부모님의 언어

down to earth

옛날 사람 인증하는 건지 몰라도 학년 초 제출하는 가정환경 조사서에 부모님의 직업과 학력을 함께 써넣어야 하던 잔인한 시절이 있었다. 직업란에 '상업'이라고 쓰지 말고 자세히 쓰라고 하는 것도 버거운 관문인데, 학력란 앞에서는 엄마와 아빠의 흔들리는 눈빛을 봐야 했다. 수년 동안 엄마는 중졸, 아빠는 고졸을 써넣었고 나는 별말 없이 가져가서 다른 아이들 것을 흘끔거리거나 괜히 선생님 눈치를 보며 냈다.

그러나 나는 엄마의 중학교 시절 이야기를 들은 기억이 전혀 없고, 초등학교 때 공부를 잘한 엄마를 꼭 중학교에 보내야 한다며 선생님이 집까지 찾아와 설득했다는 이야기는 몇 번이나 들었다. 마찬가지로 아빠가 초등학교 때는 전교 1등을 했지만 중학교 때는 공부는 안 하고 영어 사전을 팔아 친구들과 놀았다는 이야기는 들었어도 고등학교 시절 이야기는 듣지 못했다. 상고나 공고라는 단어도 나온 적이 없었다. 알고는 있었지만 묻지 않았고 엄마 아빠도 어색한 침묵 속에서 볼펜으로 빈칸을 채워주기만 했을 뿐이다.

그러던 어느 날 동생이 마루에 엎드려 가정환경 조사서를 보고 있다가 말했다. “아이, 그냥 이제부터 솔직하게 쓸래.” 그리고 엄마 밑에는 ‘국졸’, 아빠 밑에는 ‘중졸’을 써넣었다. 동생의 솔직함과 용기에 감탄했지만 나도 그렇게 했는지는 기억이 나질 않는다.

엄마 아빠는 정육점을 했다. 도매업도 같이 했기 때문에 아빠가 길게 매달린 돼지의 껍질과 기름을 제거하다가 잘 드는 칼에 팔이 베이는 장면이라든가 가게 안쪽 커다란 기계에서 삼겹살 덩어리가 일정한 간격으로 썰려 나오는 광경을 한참이나 바라보던 장면들이 내 유년 시절 기억의 많은 부분을 차지하고 있다. 학교가 끝나면 매일 엄마 가게에 가서 온돌 바닥에 앉아 숙제도 하고, 기력이 떨어진 엄마가 사 오라는 원비디와 우루사를 사 오고, 손님들에게 거스름돈을 거슬러주는 엄마의 손을 바라보며 100원만 달라고 조르기도 했지만 간판에 빨간색 정육점 글씨가 크게 쓰여 있는 가게에 들어가기 전에는 우리 반 친구들이 있는지 없는지 주변을 재빠르게 확인했다.

얼굴이 하얗고 공주 원피스가 잘 어울리고 반장을 도맡아 하는 나는 양복을 입고 출근하는 아빠와 앞치마를 두르고 주스를 따라주는 엄마가 어울린다는 철딱서니 없는 생각도 수시로 했다. 다섯 식구가 늘 텔레비전 앞에 상을 펴놓고 밥을 먹는 것도, 그 밥상 위에 전라도에서 가져온 파래나 게무침만 있는 것도, 부모님이 식당 사람들과 주차 문제로 쌍욕을 하며 싸우는 날들도 때론 진저리 치게 싫었다.

셜록 홈스 시리즈는 물론 아동문학 전집 같은 것도 없어 부모님이 전시용으로 사다 놓은 세로로 된 세계문학 전집만 읽어야 하는 것도 괴로웠고, 독서보단 노래와 댄스가 취미인 언니와 말이 안 통해 불만이었고, 식당과 당구장이 있는 지저분한 2층 건물에 사는 것도 창피했다. (그 건물주가 우리 아빠인데도!)

그러니까 나는 전형적인, 허영기 있고 남들 시선에 신경 쓰고 감사할 줄 모르는, 이기적인 문학소녀였다. 부모님의 지원 덕분에 학원을 다니고 과외를 하고 동네 서점에 있는 모든 영어 문제집을 사서 공부하고 대학교에 간 후에도 서울 변두리의 장사하는 집 딸이라는 열등감은 사라지지 않았다.

언제나 논리적인 문어체 문장에 내가 쓰지 않는 단어를 넣어 말할 줄 아는 친구가 있었다. 그 친구 집에 놀러 갔을 때 단박에 눈에 들어온 건 각 방마다 천장까지 가득 꽂힌 책들이었다. 일류대를 나와 유학을 다녀온 친구의 아버지는 어려운 한영 번역을 했고 교양 넘치는 말투의 어머니는 샐러드를 각자의 접시에 따로 담아주었다. 이질적이었던 저녁 시간, 이제 와 내가 아무리 셰익스피어를 읽고 롤랑 바르트를 읽어도 내 입에서 나오는 표현이 거칠고 단어가 순화되지 못하는 건 어린 시절 엄마 아빠의 언어와 집안 분위기 때문이라고 결론 내렸다. 친구처럼 어릴 때부터 식탁에서 자연스럽게 교양을 길렀어야 일상생활에서 책에서나 나올 법한 고급 단어를 사용할 수 있을 것만 같았다.

'down to earth'라는 표현을 처음 들은 건 〈섹스 앤 더 시티〉의 배우 크리스틴 데이비스가 나온 토크쇼에서였다. 데이비스가 연기한 샤롯이란 캐릭터는 코네티컷에서 자라 어퍼 이스트 사이드에 사는, 주인공 네 명 중 가장 교양 있는 부유층에 속한다. 친구들의 거친 말을 들으면 카페에서 나가버리던 공주 샤

롯을 연기한 배우가 이렇게 말했다.

"우리 부모님은 굉장히 소박하신down to earth **분들이에요."**

이미지의 대조 때문에 그 표현이 특별히 더 귀에 꽂혔는지도 모른다. 그때는 이미 나도 서른이 넘어 마흔이 가까워지던 시기였고, 그 단어를 우리 부모님, 우리 가족 그리고 나와 자랑스럽게 연결할 수 있을 만큼은 성숙했다.

down to earth는 '소박한, 허세가 없는'의 뜻도 있지만 '진실한genuine, 진짜인real, 자기 자신의 모습대로 솔직한being yourself'의 의미도 있다.

이 단어는 아무리 봐도 우리 가족을 한마디로 묘사하는 단어였다. 허세라고는 눈곱만큼도 없고 어떤 잘난 척도 하지 못하고 남들 시선보다는 자기 자신에 솔직하고 실속 있고 현실적이고 선량하고 진실하고 겸손하고 정 많은 사람들.

이제는 고등학교에 다니던 어느 일요일, 버스를 타고 학교에 공부하러 가는데 우연히 같은 버스에 탄 엄마와 아빠가 나를 발견하고 마냥 좋아서 웃던 장면을 기억한다. 사장님이라 불리던 시절에도 주머니에 늘 토큰을 가지고 다닌다며 자랑하던 아빠의 미소를 기억한다. 방송 작가 시절 새벽 방송을 할 때 하루도 빠짐없이 아침을 챙겨주기 위해 부엌으로 가던 엄마의 등을 기억한다. 목소리 크고 성미 급한 언니와 심리학 박사 학위가 있지만 자기 말투가 '쌈마이' 같다는 동생과 한 번도 돈 문제로 다투거나 서운해한 적 없었던 걸 떠올린다. 그리고 내가 변변치 못한 직업들을 전전하고 결혼 생활에 위기를 겪을 때도 한 번도 나를 비난하지 않고 무조건 사랑해준 부모님과 자매들이 얼마나 훌륭한 이들이었는지, 학벌이나 취향 따위가 얼마나 인간의 본질과 관련이 없는지를 이해한다.

내가 번역한 《자존감이 바닥일 때 보는 책》의 저자 나다니엘 브랜든은 예순쯤에 자신의 인생을 돌아보면서 대체로 자신의 어린 시절에 대한 사람들의 해석이 10년 단위로 긍정적으로 변한다고 말한다. 10대, 20대, 30대에 내가 부모님를 바라보는 시선은 달랐다. 40대인 지금은 부모님에 대한 존경과 애정만이 가득하다. 50대나 60대가 되면 세상에서 가장 위대한 부모님이 내 곁에 오래 계시기만을 기도할 것이다.

아, 감사한 게 또 하나 있다.

내가 부모님에게 언어 감각은 물려받지 못했을지도 모른다. 글이라는 도구는 후천적으로 습득하고 훈련한 것이라고 말할 수도 있다. 그래도 어린 시절 파도치는 소리에 잠 못 들었다는 아빠의 감수성과 생뚱맞은 농담으로 우리를 웃기던 엄마의 유머 감각을 물려받지 못했다면 나는 얼마나 지루하고 무미건조한 사람이 되었을까.

《달콤한 노래》로 콩쿠르상을 받은 프랑스 작가 레일라 슬리마니의 인터뷰 중에서 이런 부분을 떼어 적어놓았었다.

언어는 작가에게 있어 가장 중요한 재료다. 나는 프랑스어에 새로운 이미지를 불어넣고 싶다. 문화적이고 예술적인 동시에 유용하고 실용적인 언어. 좀 더 유연한 프랑스어를 알리고 싶다. 엘리트의 언어가 아니라 누구나 쉽게 배울 수 있는, 혹시 실수하더라도 한 번씩 웃을 수 있는 탄력적인 언어.

나는 결국 우리 집안사람, 엄마 아빠의 딸이었다. 더 가진 척하지 못하고, 유식하고 고상한 척하지 못하고, 추상적이고 관념적인 단어보다 일상적이고 생활적인 단어를 잘 구사하는 사람. 쉽고 수수한 언어로 누군가를 감동시킬 수도, 웃길 수도 있는 사람. 나의 글에 어휘력이나 문장력은 부족해도 그 안에 담긴 내용이 꾸밈없고 진솔하다면 어린 시절의 성장 과정과 부모님의 '진실함과 소박함'이라는 유산 덕분이고, 이 유산은 내게 소중하기만 하다.

이제는 부모님의 언어와 나의 언어를 만나게 하고 싶다. 아빠가 밥상에서 부르던 〈목포의 눈물〉에 대하여, 외할아버지가 돌아가셨다는 전화를 받고 단칸방에서 오열하던 엄마에 대하여, 아빠가 서울역에서 신문팔이를 했던 날들에 대하여, 언젠가 시집갈 딸들을 위해서라며 정육점을 그만두고 서점을 차렸다 망해버리고 그 자리에서 간판을 수없이 바꾸면서 구두를 팔고 와인을 팔고 위스키를 팔며 우리를 지켜주었던 부모님의 그 세월에 대하여.

그들이 하지 못한 이야기와 그들의 언어를 이제 내 언어로 옮기고 싶다.

down to earth

: 소박한, 허세가 없는, 자기 자신의 모습대로 솔직한

나는 결국 엄마 아빠의 딸이었다.

쉽고 수수한 언어로 누군가를 감동시킬 수도,

웃길 수도 있는 사람.

NO. 04

나를 심어둘 장소

reminiscence

"로비로 와, 난 로비에서 일해."

"로비? 웬 로비?"

이렇게 묻던 친구나 동생은 로비에 와 보고는 왜 내가 이곳에서 작업을 하려는지 알아차렸다.

시설이 좋기로 소문난 동네 도서관 1층에는 널따란 로비가 있었다. 천장이 높고 창이 크고 여백이 많은 공간이지만 이용자들이 화장실에 가기 위해 지나쳐 가거나 잠깐 앉아 있는 곳, 평범한 로비 기능으로만 존재하는 곳이었다. 모양이 제각각인 테이블 몇 개와 누구도 잘 쓰지 않는 컴퓨터 몇 대가 놓인 긴 탁자가 있었고 누구도 꺼내보지 않는 월간지가 꽂힌 책꽂이 몇 개와 앉는 사람이 별로 없는, 등받이 없는 둥그런 소파들이 질서 없이 띄엄띄엄 놓여 있을 뿐이었다.

그곳은 거의 10여 년 전 처음 도서관이 생겼을 때와 같은 모습으로 머물렀고 나는 그 자리의 숨은 잠재력을 알아보고 내 전용 공간으로 삼은 몇 안 되는 사람 중 하나였다.

도서관 오픈 시간 전부터 문 앞에서 기다리다 재수생들과 3층까지 뛰어 올라가지 않아도 창가 자리를 맡을 수 있었다. 내가 무슨 일을 하는지 보고 호기심을 가질 사람도 없었고 나에게 키보드 소리가 시끄럽다고 쪽지를 건네고 가는 사람도 없었다. 봄의 벚꽃과 여름의 녹음과 가을의 단풍과 겨울의 첫눈 속에서 창과 책을 번갈아 들여다볼 수 있었다.

사람이 없는 것은 아니었다. 수험서나 노트북을 보는 긴장 어린 얼굴 대신 유모차를 끌고 온 할머니가 있었고 펑퍼짐한 예술가풍 바지를 입고 시집을 읽는 50대 여성이 있었고 가끔 컴퓨터로 몰래 게임을 하려던 초등학생이 있었다.

나는 1인용 책상 맞은편 의자에 가방을 놓은 다음 들뜬 마음으로 새 책의 첫 장을 넘기고, 괴로운 마음을 눌러가며 편집자의 따가운 평가를 들은 원고를 다듬고, 외로울 때면 SNS에 이런 곳에서 작업한다고 사진을 올리고, 엄마들 모임에 다녀왔다가 남들이 보지 않는 구석에서 담배를 피우는 경기도 대단지 아파트의 중산층 주부를 주인공으로 한 소설의 줄거리를 떠올렸다. 풀리지 않는 문장을 끼워 맞춰 대강이라도 완성한 다음 마침표를 찍고, 끝나지 않을 것 같던 책의 페이지가 줄어드는 모습을 보고, 절대 마침표가 찍히지 않고 페이지가 줄어들지도 않는 내 인생에 대한 질문과 고민을 반복했다.

작업실이 생겨 발길이 뜸했던 몇 년 사이 이 도서관 로비가 도서관 카페로 탈바꿈했다는 사실을 남들보다 뒤늦게 알게 되었다.

과연 카페로 변신한 로비는 내 생각보다 훨씬 넓었고 어떤 카페 못지않게 인테리어나 조명이나 가구가 모던했으며 긴 책상과 작은 책상이 가득 놓여 있었어도 복작복작한 느낌은 아니었다. 남녀노소 모두가 만족한 얼굴로 말끔해진 공간을 맘껏 누리고 있었다. 사실은 마땅히 이렇게 되었어야 할 멋진 공간인데 그동안 방치되었던 것이다. 잡초가 듬성듬성했던 마당이 드디어 탐스러운 정원으로 피어난 것이다.

이제 시니어 바리스타들이 정성껏 내려준 진한 커피를 저렴한 가격에 마실 수 있는 이곳에서는 중·고등학생이 기말고사 문제집을 풀고 북클럽 회원들이 토론을 하고 아버지들이 꾸벅 꾸벅 졸며 베스트셀러를 읽고 있었다.

이 공간의 엄청난 잠재력을 알아보고 '이곳에 카페를 만들면 어떨까' 하고 처음 아이디어를 낸 도서관 관계자는 시민 생활의 질을 높인 공로로 표창장을 받아야 할 것 같았다.

그런데 나는 왜 그랬을까.

아름답고 재능이 넘쳤지만 어색하고 촌스러웠던 신인 배우가 어느덧 모두에게 사랑받는 스타가 되어 영화제에 나가게 된 모습을 보는 전 매니저의 심정이 이럴까.

"이곳 공터에서 너희들이 놀곤 했었어."라고 손주들에게 말하며 하늘 높이 뻗은 주상복합 아파트를 바라보는 원주민의 심정이 이럴까.

발음도 철자도 어려운 'reminiscence'라는 단어는 '회상, 회고, 추억'의 뜻으로 보통 나이가 많은 사람이 어린 시절을 회상할 때 쓰이는 단어다.

나는 아직 과거만 회고할 나이도 아니고 새로운 장소, 새로운 사람, 새로운 체험을 갈구하는 것 같으면서도, 항상 그때 그 시절을 잊지 못하는 습성이 있다. 어떤 장소를 지나가며 언제나 과거의 풍경을 떠올리고 누구와 왔었고 그때 내 마음의 움직임은 어땠는지 반추한다. 3년 전 나와 5년 전 나와 그 시절의 공기를 떠돌던 먼지까지 소환하려 한다. 소환된 내가 상처받은 나, 불안해하던 나, 울고 있던 나일지라도 그때로 돌아가 잠시 머물기도 한다. 이 과도한 기억력과 집착이 때론 불편하고 거치적거린다.

나는 카페 아무 자리에 엉덩이만 걸치고 앉아 장소의 변화에 놀라고 감사하면서도 자리를 잡지 못하고 있다가 나왔다. 다음에 갔을 때는 도서관에서 책을 잔뜩 빌려 내가 앉았던 바로 그 자리, 같은 풍경이 보이는 자리지만 더 푹신해진 의자에 앉아서 버지니아 울프의 안 읽히는 소설을 읽어보기도 했다. 똑같은 계단과 나무가 보이고 맛있는 커피까지 있으니 금상첨화라고 말하면서.

이 공간에 또 다른 나를 심을 수 있을까.

검토서의 분량을 늘리고 다음 일이 들어올까 걱정하며 번역하던 나는 아닐 것 같았다. 난 그때와 달라졌고 달라지고 싶었다.

자꾸 움츠러들고 피지 못한 봉오리같이 느껴졌던 그 시절의 나는 누구도 눈여겨봐주지 않던 그 쓸쓸하고 적막했던 로비와 어울렸다.

그리고 그건 그것대로 아름다웠다.

reminiscence

: 회상, 회고, 추억

피지 못한 봉오리같이 느껴졌던 그 시절의 나도
그것대로 아름다웠다.

NO. 05

일은 자리에서,
여행은 여행으로

freelancer

책을 읽다가 번역에 관한 문장이 나오면 기록하는 것이 나의 작은 취미다. 시작은 카트린 아를레의 《지푸라기 여자》에서였다.

"번역이라… 그러나 그 일이 생계를 뒷받침한다면 그건 더욱 놀라운 일인데요?"

외국도 다르지 않군.

은유 작가의 《싸울 때마다 투명해진다》에는 이런 구절이 나왔다.

"너 요즘 번역은 안 하니. 내가 아는 사람이 일 년에 다섯 권을 번역했는데 연봉이 2,000이었대. 다섯 권을 하려면 하루에 열 시간씩 일해야 하는 거야."

숫자로 나오니 더 구체적으로 절망적이군.

김남주 번역가의 《사라지는 번역자들》에서는 이 구절이 눈에 띄었다.

아를에서 만난 전업 번역자들의 얼굴에서 나는 어김없이 어떤 열패감 같은 것을 보았다. 나 자신도 깊숙이 지니고 있는 그 열패감의 근원에는 경제적인 문제가 자리 잡고 있었다.

갑자기 번역을 하다 말고 거울을 본다. 내 얼굴에도 열패감이 묻어 있나. 푸석푸석하긴 한데.

어느 날은 인터넷에 떠도는 웹소설 제목을 보고 박장대소를 해버렸다. 〈빈곤한 번역가와 인기절정 연예인의 운명적인 사랑 이야기〉.

그래도 경력이 쌓이면서는 수입이 썩 괜찮을 때도 있고 번역의 장점과 보람도 무척 크다는 것 또한 누구보다 잘 알고 있기에 이런 글들을 웃어넘길 수 있는 여유가 생겼다.

하지만 최근에 어떤 책에서 '노트북 하나만 있으면 전 세계 어디서나 일할 수 있다는 이유로 번역가가 되기로 결심했다'는 문장을 읽고, 미안하지만 이번엔 쓴웃음이 아니라 코웃음을 칠 수밖에 없었다.

내가 번역한 마리안 캔트웰의 《나는 나에게 월급을 준다》라는 책의 원제는 'free range human'으로 나는 이 표현을 '자유방목형 인간'이라고 옮겼다. 디지털 노마드족이라고 하면 바로 어떤 직업군인지 연상될 것이다. 책에는 이런 구절이 있다.

> 이 순간 전 세계 어디에서나 수많은 사람들이 공원에서, 카페에서, 해변에서, 부엌에서 노트북 하나로 행복하게 일하고 있다. 인터넷을 연결하지 않고 해먹에 누워 모히토 한 잔을 홀짝거리며 돈을 버는 사람도 있다.

설마 사람들이 번역가를 이런 자유방목형 인간이라고 생각하는 걸까. 'freelancer'의 'free'라는 글자만 크게 들어오는 걸까. 왜 번역가가 프리랜서이되 자유방목형 디지털 노마드가 될 수 없는지만큼은 꼭 이야기하고 싶다.

제일 먼저 '노트북 하나만 있으면' 이 부분부터 딴지를 걸어 봐야겠다. 번역의 기본 준비물에는 노트북 외에 원서라는 것이 있다. 이 원서가 항상 얇을 수는 없고 벽돌 두께의 하드커버일 경우도 종종 있으며 원서의 절친 내지 의형제라 할 수 있는 독서대가 반드시 필요하다. 책을 바닥에 펼쳐놓고 번역하면 목과 어깨에 힘이 더 들어가고 눈은 빠지며 때론 대체 어디까지 번역을 했는지 놓쳐 같은 문단을 세 번, 네 번 읽고 있다. 노트북, 원서, 독서대만으로 무게가 상당해서 나 같은 경우 카페로 일을 다닐 때는 대치동 학원가에 가는 고3처럼 백팩을 메야 했고, 운전 경력 17년에도 사라지지 않는 주차 공포증을 끌어안고 10분 거리 카페에 차를 가져가기도 했다.

디지털 시대에 무슨 개 풀 뜯어먹는 원서 타령인가. 출판사에서 보내준 PDF 파일을 보면서 하면 되지 않는가. 하지만 그럴 경우 모니터가 어느 정도 이상의 크기는 되어야 한다는 사실을 잊지 말자. 나 또한 11인치 맥북에어로 참으로 많은 책을 번역했으나 이 11인치 노트북으로 왼쪽에 원서, 오른쪽에 문서를 띄워놓고 번역을 하면서 수시로 인터넷에 들어가 단어를 찾고 검색을 하는 것은 마치 8평 원룸에 당구대를 갖다 놓고 당구를 치는 것과 같다고 할 수 있겠다. 원서와 문서 파일을 나

란히 놓고 번역할 경우 모니터가 적어도 21인치는 되어야 하는데, 때론 장비 욕심을 최적의 작업환경이란 말로 포장하는 (남성) 번역가의 경우 작업대에 웬만한 TV 크기의 모니터 두 개를 설치해놓는 경우도 많이 보았다. 누가 보면 게이머나 프로그래머인 줄 알 것이다.

아, 수시로 단어를 찾고 구글 검색을 해야 하니 마우스도 필수다. 마우스를 안 가져간 날은 수저 없이 수프를 떠먹어야 하는 것처럼 난감한 기분이 든다.

다음으로 검색 이야기가 나왔으니 하는 말인데, 우리 모두의 꿈의 여행지, 이를테면 몰디브나 페루 마추픽추 아니면 파리의 모든 노천카페, 일본 유후인 료칸의 와이파이 속도가 우리 집이나 스타벅스와 동일한 수준일 것이라 확신할 수 있는가. 소설이나 여행기나 일기라면 머릿속이라는 창고에서 상상과 관찰과 감상을 꺼내 문장으로 만들어야 하고 인터넷이 없어야 오히려 생산성이 높아질 수도 있을 것이다. 그러나 인터넷 연결이 5분만 끊겨도 분노조절장애가 오는 것이 바로 번역가란 인간들이다. (1세대 번역가들은 실제로 인터넷 없이 사전을 찾으며 번역을 했고, 자료가 필요할 땐 도서관에서 책을 일일이 찾아야 했으며 그래서 안타깝지만 오역이 없을 수 없었다.) 번역가에게 인터넷이란 뭘까. 도구가 아니다. 생명줄? 아니면 공기나 물? '쉬운 책이나 소설을 번역하면 인터넷 검색을 덜 해도 되지 않을까' 하는 것은 나도 많이 해본 착각으로, 막상 해보면 장르에 상관없이 우리는 전문 번역가라기보다는 전문 검색가가 될 수밖에 없는 운명이다. 일단 와이파이가 연결된다고 해도 문제는 속도다. 포켓 와이파이 같은 것의 도움을 받아 번역하다가는 또다시 5분 만에 머리를 쥐어뜯게 될 것이다.

물리적인 이야기는 여기까지 하고 이제 여행과 일을 병행할 수 없게 하는 번역의 본질에 대해 이야기해보려고 한다.

우선, 번역이라는 것이 원문을 읽고 해석하고 우리말로 옮기는 작업인데 뭐 그리 복잡하고 어려운가. 창문으로 파도가 넘실거리는 푸른 바다를 한 번 보고 "So what?" 같은 대화문을 "그래서요?" 이렇게 번역하면 되지 않나 하며 어깨를 으쓱하는 사람이 있을지도 모르겠다.

하지만 온갖 향신료와 지명이 들어간 미식의 역사에 관한 다섯 줄짜리 문장을 바다를 보면서 번역해보자. 그리고 자신이 번역한 문장을 보자. 어디론가 숨고 싶어질 것이다.

물론 노암 촘스키 책을 교정 한 번 없이 술술 번역한다는 언어 천재에 대한 전설은 나도 들은 바 있지만 나처럼 평범한 수준의 어휘력을 가진 대부분의 인내형, 노력형 번역가에게 번역은 고치고 고치고 또 고치는 일의 무한 반복이다. 번역에 요구되는 집중력은 상상 이상의 수준이다. 여행이 주는 자극, 새로움은 집중도를 낮추고 번역의 질을 낮춘다. '번역은 멀티가 안 된다'는 것이 번역가들이 모여서 하는 하소연이다. 마감할 때는 설거지조차 힘들어 집이 난장판이 된다. 그런데 오전 6시에서 오후 2시까지 번역을 하고 나머지 시간에는 관광을 하려는 원대한 계획을 세우는 사람은 곧 자신을 천재나 로봇으로 과대평가했다는 사실을 깨닫게 될 것이다. 아니 하려면 할 수도 있겠지만 딱 이틀 후에 포기할 것이다.

다음으로 당신이 글을 쓴다면 여행이 얼마든지 영감이 될 수 있고 여행으로 글의 내용은 깊어지고 수식어는 더욱 풍부해질지 모른다. 하지만 번역은 영감과는 별반 관계가 없는 일로 기본적으로는 남의 글을 되도록 정확하게 전달하는 작업이다. 유럽의 골목길을 쏘다니며 감동을 받았다고 해서 다른 사람의 문장에 있지도 않은 단어를 두 개 더 추가할 것인가?

남의 글을 최대한 잘 옮기기 위해, 원문의 단어와 가장 가깝게 일치하는 뜻의 한국어 단어를 발견하기 위해 필요한 건 내 견문이나 사유가 아니라 원문 분석과 집요한 검색과 수십 번의 다시 읽기와 단어 순서나 부사 바꾸기 같은 교정 작업 그리고 관련 자료 독서다.

2015년, 두꺼운 프랑스 여행 책을 번역하게 된 해에 프랑스 여행을 한 적이 있다. 여행을 준비하느라 일정이 밀려서 담당자에게 "프랑스 여행을 다녀오면 더 완성도 있는 번역을 드릴 수 있을 것 같아요."라는 핑계 메일을 보내놓고 3주 동안 파리를 구석구석 여행하고 돌아왔다. 프랑스 여행을 이제 막 하고 온 번역가가 프랑스 여행 책을 번역하다니, 멋지다! 환상이야!

책에 나온 장소들을 직접 가본 것이 이미지를 환기하는 데 도움이 전혀 안 되었다고는 할 수 없겠지만 결국 프랑스 지명이 1,000개쯤 나왔던 그 책을 완성한 것은 수많은 커피와 인터넷 검색과 욕창이 나지 않았을까 의심되는 내 엉덩이였다.

그런데 이것은 비단 번역에만 해당되는 일이 아닐 듯하다. 만화가건 건축가건 에세이 저자건 여행에서 많은 아이디어를 얻어 왔다 할지라도 결국 눈에 보이는 결과물을 완성하기 위해서는 내 방, 내 사무실 책상에서 밤을 새워야 했을 테니까.

또 번역은 창조적 활동이라기보다는 노동이고, 노동은 오락과 병행되어서는 안 되며 될 수도 없다. 둘 다 망치기 십상이다. 아니면 공부나 연구에 가깝다고도 할 수 있다. 여행하면서 번역한다는 이야기는 마치 "이탈리아 남부를 여행하면서 올해 1/4분기 실적 보고서나 심리학 소논문을 하나 쓰고 싶어요."와 비슷한 이야기처럼 들린다. 아무리 짧고 재미있는 책이라 해도 고유명사 정리라든가 원문 대조 작업에 생각보다 더 많은 시간이 필요한데 이것은 글쓰기라기보다는 지루한 문서 업무에 가깝다. 여행에서 우리가 얻고 싶어하는 즐거움, 가벼움, 여유, 머리 식힘과는 대척점에 있는 활동이라 할 수 있다.

마지막으로 번역은 책의 마지막 페이지를 번역해 넘겼다고 끝나는 일이 아니고 '역자 교정'이라는 관문이 남아 있다. 물론 요즘에는 PC 교정도 자주 하는 편이지만 그것만으로는 부족하다. 책이 나오기 몇 주 전이면 집에 커다란 택배가 도착한다. 이렇게 편집자와 번역가가 협력해 끝까지 몇 번이나 교정지를 교차해 보면서 오역이나 오류를 하나라도 더 잡아내야 독자들이 무리 없이 읽을 만한 책이 출간된다. 번역가의 외국 여행으로 생략하기에는 너무나 중대하고 필수적인 과정이다.

프리랜서 번역가의 꿈을 와장창 깨버리는 너무나 비관적이고 협소한 견해인가?

물론 외국이나 제주도나 지방 소도시에서 번역을 하고 왔다는 번역가의 글을 가끔 접한다. 몇 년 전에 제주도에서 한두 달 숙소를 잡아놓고 번역을 했다는 번역가의 글도 읽었으나 그 번역가는 제주도 관광을 하거나 머리를 식히러 간 것이라기보다는 자신을 가둬놓을 장소가 필요했던 것 같고 2,000매인가 3,000매인가를 번역했다는 말에서 나는 그가 주말도 없이 일했음을 짐작할 수 있었다.

아니면 프랑스 아를이나 독일에 있는 '번역가의 집'에 상주하며 번역과 여행과 사람들과의 교류를 모두 다 갖는 방법이 있을 수 있다. 1,000분의 1 정도의 확률로 보이긴 하지만 그래도 그런 번역가의 집 상주는 단기 여행은 아니고 몇 달이나 1년 동안 그곳에 '사는 것'이기 때문에 집중도 있는 번역 작업이 가능할 것이다. 아마도 한국에서는 두 달에 했을 책을 넉 달에 마치게 될지 모르지만 뭐 어떤가. 일의 양을 줄이면 될 것 아닌가. 1년에 두 권만 하면 될 것 아닌가. 4분의 1로 줄어든 수입은 각자가 책임지면 되니까.

나뿐만 아니라 내 주변 번역가들은 이제 안다. 일은 자리에서, 여행은 여행으로. 우리는 자기 집 책상에서, 단골 카페에서, 작업실에서, 10시부터 6시까지, 사무직 직원들과 큰 차이 없이 '일'을 한다. 그리고 이렇게 몇 달간 두문불출하며 바짝 번 돈으로 다음 비행기 표를 예매하게 될지도 모른다. 번역가의 빠듯한 수입으로는 쉽지 않은 일이긴 하지만 성실히 일한 자에게는 충분히 가능한 시나리오다. 그렇게 여행을 갔다면 내 직업을 미워하지 않기 위해, 이 일을 지속할 에너지를 얻어 오기 위해, 돈 몇 푼보다 오래오래 남을 여행의 추억을 위해, "번역의 '번' 자도 떠올리지 말고 여행에 집중하라!"는 것이 내가 하고 싶은 말이다.

NO. 06

책을 받습니다

perk

어린 시절 부모님이 자영업을 하셔서 여름휴가나 연휴에 제대로 가족 여행을 가본 적이 없었다. 특히 추석과 같은 '대목'이면 우리는 평소보다 더 늦게 들어오는 부모님을 기다리지 않기로 하고, 몇 장이나 되는 신문의 TV 편성표를 펴고 형광펜으로 특집 영화나 오락 프로그램들을 표시해놓았다.

중학교 2학년 때 부모님이 아는 분한테 설악산에 있는 '콘도'라는 곳의 숙박권을 받았다고 해서 처음으로 '직장인 부모님'과 함께할 만한 휴가를 가게 되었는데, 대형 콘도의 깔끔한 시설에 놀라면서 '가장이 회사원이라면 여름휴가를 이런 식으로 보내겠구나' 하며 부러워했던 기억이 있다.

그래서인지 어린 시절 동경의 대상이었던 대기업 회사원과 결혼을 하게 되었고, 연봉과는 별개로(실상은 연봉에 포함된 것이겠지만) 회사원이 회사에서 받는 각종 혜택에 감읍했다. 자영업자의 모든 수입은 일한 만큼 들어오는 것이었으므로 부모님은 예상치 못한 지출 앞에 얼굴을 찌푸리셨지만 회사원이라면 꼭 그렇지 않을 수도 있었다.

의료비도 진단서가 있으면 지원이 되다니 신기했다. 명절에 받는 빳빳한 상품권이나 복숭아 한 상자에도 황송했다. 남편 회사에서 제공해주는 콘도로는 지겨울 정도로 여행을 갔다. 회사 비용으로 가는 출장도 본인은 일이라 싫다지만 내 눈에는 나는 감히 꿈꾸지 못할 선물 상자처럼 보였다.

반면 부모님의 피를 물려받은 나는 자영업, 그것도 영세자영업인 번역을 하고 있어서 내가 벌지 않으면 공짜로 들어오는 것이 없다. 보너스도 없고 추석 선물도 없다. 비행기 한번 타려면 일요일 오후 카페에서 단어를 찾으며 번 내 돈으로만 티켓을 사야 한다. 방송 작가를 할 때는 그래도 방송작가협회에서 보내주는 여행이 있었는데 이젠 없다. '내 입에 들어갈 건 내가 번다' 정신으로 기대 없이 책만 뚫어지게 보고 있다.

번역을 하다가 'perk'란 단어만 봐도 부러워지고 내 처지를 실감하는 이유다. 시트콤 〈프렌즈〉의 친구들이 자주 가는 카페 'Central Perk'의 그 단어인 perk는 직업으로 인해 받는 가외의 돈이나 선물, 기회를 말한다. 왠지 이 단어 앞에선 전통 시장 상품권이나 복숭아 한 상자가 아닌 회사에서 제공하는 자동차라든가 1등석 티켓, 5성급 호텔을 상상한다.

상여금이란 외국어보다 멀게 느껴지고 수입에 비해 턱없이 많아 보이는 지역 의료보험료 앞에서 절망하고 명절 때 경비실 앞에 쌓이는 선물 앞에서 괜히 초라해지는 나지만, 이런 나에게도 가끔 상자째 푸짐하게 들어오는 것이 한 가지 있긴 하다. 책이다.

처음에는 그냥 내 이름이 찍힌 책이 신기했고 주변 사람에게 한 권씩 선물하는 것에 만족했다. 번역가들이 만나면 으레 서로 책을 교환하다 보니 책이 흔해져버리기도 했다. 어느덧 80여 권 정도가 되는 책을 번역하게 되고 다양한 번역서가 쌓이면서는 이들에게 나도 모르게 큰 의지를 하게 되었는데 이를테면 이런 식이다.

이제는 출판사 편집자나 번역가들이 아닌 다른 업계에서 일하는 친구들에게 선물한다. 돈을 주고 책을 사야 하는 그들은 친구가 번역한 공짜 책에 무척 감사해한다. 밥이나 차를 사기도 하지만 그것까지 바라진 않는다. 나는 그들에게 호감을 드러내는 방법으로 책을 이용한다. 대학교 동창이지만 20여 년이 지나 만난 친구가 있다. 그때 친했다면 얼마나 좋았을까 싶은 똑똑하고 매력적인 친구의 회사로 내가 번역한 책 다섯 권 정도를 보냈다. 말로 하긴 쑥스러운 "네가 정말 좋아. 앞으로 더 친해지고 싶어."다. 그렇게 호감 가는 사람, 마음 가는 사람에게 책을 보내고 나서 우체국 앞에서 들이켜는 공기가 얼마나 상쾌한지 알까? 택배비는 하나도 아깝지 않다. 이렇게 아깝지 않게 쓰는 돈이 별로 없을 정도로.

몇 년 전에는 트위터에서 탄핵 가결 이벤트를 한 적이 있었는데 나도 그때 충동적으로 당시 출간된 번역서를 세 권 정도 선물한다고 올렸다. 미용실에서 머리를 하고 있을 때 난데없이 기자에게 전화가 왔다. SNS로 탄핵 가결 이벤트를 하는 시민을 인터뷰해 기사로 낸다는 것이었다. 처음으로 신문기사에 내 번역서의 번역자로서가 아니라 괄호 안에 성별과 나이가 들어간 이름이 나왔다. 미용실 펌 기계에 머리카락을 매단 채로 키득키득 웃었던 그날의 기억이 선명하다.

여성 프리랜서 모임 행사에 참석하면서 특별히 출판사에 연락해 책 두 상자를 협찬한 적도 있다. 제법 성공한 언니처럼 느껴졌고 마지막까지 성공의 기분을 만끽하기 위해 2차 술값을 다 내는 객기를 부리고 나왔다.

내가 아직은 첫 책을 쓰고 있는 중이라 모르지만 자기가 쓴 책을 내미는 일은 약간은 쑥스러울 것도 같다. 상대방에게 나를 그렇게까지 보여주고 싶지 않을 수도 있다. 하지만 번역서는 내 시간, 내 인생, 내 피, 땀, 눈물이 들어간 작업의 산물이고 내 이름도 들어 있고 내 문장들이 맞지만 나라는 사람과 적당한 거리가 유지된다.

게다가 나는 자기계발, 예술, 여행, 패션, 스릴러, 페미니즘 등 어쩌다 보니 번역서 장르도 가지각색이다. 맞춤 서비스가 가능하기 때문에 누군가 만나러 가기 전에 책꽂이 앞에 서서 '흠, 이 사람에게는 무슨 책이 어울리나' 하며 즐거운 고민을 한다. 책이 출간되고 집에 다섯 권이나 열 권의 책이 배송되면, 이번엔 누구에게 줄까 언제 만날까 고민하다가 내친김에 친구와 약속까지 잡게 된다.

번역가 지망생들이 번역의 장점을 들려달라고 한다면 무엇이라 해야 할까. 나도 지망생이었으니 많이 들었다. 자유로운 시간 활용, 아이를 키우면서도 할 수 있는 일, 출근을 안 해도 되고 괴롭히는 상사도 없다는 점.

이제는 그 안에 빠진 문장이 있다는 것을 안다.

"책을 받아요. 하면 할수록 많이 쌓여요. 책 덕분에 더 너그러운 사람, 선물하는 사람, 베푸는 사람이 될 수 있어요. 책이 있어서 그런 사람이 되기 훨씬 쉬웠어요. 누군가를 만날 때 들고 나갈 것이 있다는 게 생각보다 얼마나 하루를 풍성하게 만드는지 아세요? 웃음을 주고 나도 웃을 일이 얼마나 더 늘어나는지 아세요?"

그러고 보니 소속 기관이라곤 없는, 공짜 점심은 일절 없는 영세자영업자 번역가에게도 확실한 perk가 있었군.

perk

: 직업으로 인해 받는 가외의 돈이나 선물, 기회

누군가를 만날 때 들고 나갈 것이 있다는 게

얼마나 하루를 풍성하게 만들어주는지.

NO. 07

나만의
문장이 되다

day to day

그림을 좋아해 전시회도 곧잘 가고 그림 관련 책은 절대 버리거나 팔지 못하며 서양 미술사도 들춰보는 편이지만 어쩌면 이렇게 화가나 미술 사조에는 무지한지 그림 설명을 볼 때마다 새롭고 어디 가면 입도 뻥긋 못한다. 그저 난 아름다운 그림을 보면 가슴이 두근거리고 치유를 받는 듯하다는 말밖에 하지 못할 것이다.

그런데 '존 싱어 사전트'라는 이름을 맞닥뜨리고는 잠시 멈칫한다. 내가 이 이름을 어디서 들었지? 맞아. 메트로폴리탄미술관에 걸려 있는 것이 확실해. 그 화가의 대표작 말고도 우아하고 사랑스러운 초상화들이 많았어. 스캔들이 있었는데 내가 좋아하는 어떤 배우와 관련이 있지.

그렇게 나는 존 싱어 사전트라는 이름을 처음 만난 그때로 돌아간다.

몇 년 전 어느 토요일 오후, 나는 복잡하고 소란스럽기까지 한 스타벅스의 한 자리를 겨우 차지하고 급하게 마무리해야 할 잡지 번역을 하고 있었다. 미국 배우 제시카 차스테인의 인터뷰 기사였다. 기자는 제시카 차스테인이 머리를 하나로 올려 묶고 메트로폴리탄 계단을 올라오는 장면부터 묘사를 시작한다. 그리고 함께 존 싱어 사전트 그림들을 감상하면서 그녀의 영화와 인생 이야기를 자연스럽게 끌어내며 품격 있게 인터뷰를 한다.

나는 인터뷰에 나오는 〈마담 X〉란 작품 묘사를 번역하기 위해 늘 그렇듯 검색을 하고 배경 지식을 읽고 모델의 흰 피부와 드레스 끈의 위치까지 자세히 들여다보았었다. 하지만 내가 번역을 위해 검색했던 유명인과 작품과 지명과 역사와 상식과 정보가 얼마나 많았겠는가. 나는 그것들의 대부분을 기억하지 못한다. 그런데 책으로 나오지도 않았고, 번역이 나온 후에도 한 번 훑어보고 말았던 잡지 번역을, 어디서, 어떤 분위기에서 번역했고 어떤 내용이었는지 아직도 상세히 기억하고 있는 것이다. 이탈리아 남자 친구가 어떤 사람이냐는 기자의 질문에 차스테인이 "신사죠."라고 대답했던 것까지.

비슷하게 과거 나의 어떤 하루를 강하게 상기시키는 그림이 또 있다. 얼마 전 영화 〈러빙 빈센트〉를 볼 때였다. 다른 어떤 그림보다도 〈가셰 박사의 초상〉을 보고 나는 '나왔어. 저 그림이. 나에게 특별한 저 그림이.' 하고 외치고 있었다.

15년 전 겨울, 처음 번역을 배우기 위해, 아니 솔직히 말하면 아무 비전이나 목표 없이 그저 아기를 맡기고 하루 외출하기 위해 문화센터의 번역 강좌를 등록했다. 매주 학생들이 돌아가면서 과제를 했는데, 내가 맡은 부분은 강좌 선생님이었던 강주헌 번역가가 쓴 〈가셰 박사의 초상〉의 일부였고 선생님이 준 한 장짜리 원문을 받아 처음으로 번역이란 걸 해보았다. 〈가셰 박사의 초상〉이 크리스티 경매장에서 어떻게 사상 초유의 가격에 팔렸는지 생생하게 묘사하는 내용이었다. 나는 초보답지 않은 깔끔하고 자연스러운 번역(!)으로 선생님에게 폭풍 칭찬을 받았고 수강생들은 놀라움을 금치 못했다고 한다(그렇다. 잘난 척이다). A4 한 장이 조금 넘었던 이 번역으로 '어쩌면 번역가가 될 수 있겠구나' 하고 직감했던 것 같다.

'day to day'란 '그날그날의, 매일매일의'라는 뜻이다. everyday, daily, routine규칙적인 일상과 동의어라 할 수 있지만 이 단어들보다는 하루를 좀 더 하나의 단위로 보게 한다. 비슷하면서도 다른 수많은 하루들이 모여 우리가 말하는 평범한 일상이 이루어짐을 기억하게 하는 단어다.

10년이 넘게 80여 권을 번역했으니 번역을 몇 쪽, 적어도 몇 문장이라도 하고 지나간 날이 그렇지 않은 날보다 훨씬 많았을 것이다. 그러니 번역은 이제 그저 반복적인 하루 일과 같다. 밥 먹고 청소하고 쓰레기를 버리러 가는 모든 순간을 기억하지 못하듯이 그냥 별다른 의식 없이 스쳐 가버리는 일상이 되었다. 수많은 글들이 나를 매개로 영어에서 한국어가 되긴 했지만 책으로 나온 후에는 거짓말처럼 나와 크게 상관없는 별개의 존재가 되어버렸다. 정확한 고유명사 표기를 위해 그렇게나 많은 이름과 지명을 검색했건만 나는 그 이름을 줄줄 외기는커녕 떠올리지도 못한다. 지성미가 넘치거나 상식이 풍부하지도 않고 자신 있게 설명할 만한 전문 분야라는 것이 없다. 만약 내가 번역한 책을 전부 기억하거나 내 것으로 만들었다면 나는 아마 모르는 명품이 없는 패션 전문가, 프랑스 여행 박사, 자기계발의 여왕, 페미니즘 강사가 되어 있을 것이다. 하지만 나는 박학

다식한 사람 근처에도 못 가고, 최근의 내 관심사만 겨우 말할 줄 아는 지극히 평범한 지성의 소유자며 특히 요즘에는 친구와 대화하다 수시로 "그거 뭐더라?", "그 사람 있잖아?"라고 팔을 휘젓는 설단 현상까지 심하게 앓고 있어 내가 번역한 책의 저자 이름조차 기억하지 못할 때도 있다.

그래도 가끔은 나의 수많은 하루 중 어떤 하루나 어떤 순간을 일부러 기억하기 위해서 기억하지 않는 것처럼, 어떤 번역은 내가 의도하지 않았는데도 내 안에 영원히 남는다. 오래도록 나를 떠나지 않고 나만의 이미지가 되고 문장이 되고 내 인생의 일부가 된다. "그날 기억해?"라고 묻는 친구가 되고 과거의 한 시절을 함께 겪은 동지가 된다. 찰나의 순간을 영원히 박제한 사진이 되고 영상이 된다.

합정역 5번 출구 앞에서 검은색 코트를 입은 친구를 보고 몇 년 전 송년회와 그날 내가 입었던 옷이 떠오르는 것처럼, 서랍을 열었다가 구석에 놓인 다이어리를 보고 비 오던 광화문을 헤매던 기억이 나는 것처럼, 가끔 어떤 이름이나 단어 하나를 보고 그 번역을 했던 과거의 나를 만나고 그 번역을 하면서 내가 느낀 즐거움과 괴로움을 상기한다. 어떤 화가의 작품을 뉴욕이나 파리의 미술관에서 직접 본 그림보다 훨씬 더 친밀하게 느끼기도 한다. (적어도 내 마음속에선) '저건 나의 그림이야, 나의 작가야, 나의 도시야' 하고 속삭인다. 가보지 못한 도시를 가본 것처럼 그리워하고 만나보지 못한 사람을 한때 사랑했던 친구처럼 여긴다.

기대하지 않았던 순간, 책과 문장으로 만났던 그림과 공간과 음악과 도시와 사람이 희미한 모습으로 스치듯 지나가면 나는 오랜만에 만난 그들에게 반갑게 인사하고 웃으며 보내준다.

번역가라는 직업으로 똑똑한 사람, 식견이 넓은 사람은 되지 못했지만 내면이 풍부한 사람은 되었다.

day to day

: 그날그날의, 매일매일의

스쳐 가버리는 일상의 수많은 하루 중 어떤 하루는
의도하지 않았는데도 내 안에 영원히 남는다.

NO. 08

비가 오나 눈이 오나 바람이 부나

fair weather fan

미국 드라마를 워낙 좋아하지만 모든 시즌을 끝까지 본 드라마는 그다지 많지 않다. 〈위기의 주부들〉이라든가 〈그레이스 아나토미〉는 시즌 1부터 봤지만 긴장감이 떨어지자 다음 시즌 보기를 포기했다. 다시 보기도 그리 좋아하지 않는다. 새로운 드라마의 첫 번째 시즌에 늘 손이 간다. 유행하는 시리즈라면 장르를 가리지 않고 본다. 하지만 스토리와 캐릭터가 제법 괜찮아도 아주 재미있지 않으면 끝까지 보지 않는다.

좋아하는 책을 여러 번 반복해 읽는 성격도 아니고 한 작가를 파고들지도 못한다. 영화배우나 가수를 수년 동안 '덕질'한 적도 없다. 금방 빠지고 금방 헤어 나온다.

의리가 별로 없다고 해야 할까. 끈기가 없다고 해야 하나. 깊이는 없더라도 다양하게 많이 보고, 되도록 많이 알고 싶은 욕심이 있다.

마침 스포츠 팬덤에 대한 책을 번역하다가 'fair weather fan'이란 표현을 만났다. 팀이 좋은 성적을 낼 때, 승승장구하고 있을 때만 충실한 팬임을 자청하는 팬이다. 팀이 패배의 늪에 빠져 있을 때(궂은 날씨)는 모른 척하다가 연승을 달릴 때(맑게 갠 날씨)만 경기를 보면서 꾸준히 응원한 척한다. '화창한 날씨 팬'이라니, 뜻을 알고 보니 참으로 적절한 비유가 아닐 수 없다. 그렇다면 나는 어떤 팬일까.

2015년 한화 이글스가 권혁 투수의 놀라운 활약으로 '마리한화'라는 별명으로 불리며 매번 한국 시리즈 같은 쫄깃한 경기를 보여줄 때 나는 한화를 응원하기 시작했다. 하지만 곧 감독의 혹사 논란 등이 불거지며 한화의 성적은 하락하기 시작했고, 나는 미련 없이 한화에 대한 관심을 거두었다.

작년에는 메이저리그 야구를 주로 보던 내가 한국 야구 응원팀을 정하고 싶다고 하자 SNS 친구들이 롯데와 엘지 등을 '강추'해주었다. 하지만 나는 한국 시리즈 가능성이 있던 두산과 기아 중에 저울질을 했고 한국 시리즈가 시작되고서는 1위 팀

기아를 응원하면서 우리 부모님 고향이 연고지인 팀이니 마음이 갈 수밖에 없다고 정당화했다. ('bandwagoneer'라는 표현이 더 어울릴지도 모르겠다. 시즌 말에 성적이 좋은 팀으로 옮겨가면서 원래 그 팀을 응원했던 것처럼 말할 때 쓴다. 스포츠 팬들에게 물어서 '팀세탁'이라는 아주 적절한 번역을 알아냈다.)

사실 현재 우리 집은 KT 연고지인 수원과 가까운 편이고 그동안 가족들과 아담하고 깨끗한 KT 구장에 가서 단란한 치맥 타임을 몇 번이나 가졌지만 최하위권인 KT와는 심정적으로 (일부러) 거리를 두기도 했다. 어디 가서 "KT 응원해."라고 절대 말하지 않았다.

내가 LA 다저스를 응원한 것도, 류현진 선수가 있고 우리나라 스포츠 채널에서 가장 많이 방송해주는 팀이고 '국저스'로 불릴 만큼 한국 팬층이 두껍다는 것 외에도 몇 년째 지구 우승을 차지할 정도로 성적이 좋았기 때문은 아니었을까.

나야말로 fair weather fan의 사전적 정의가 아닐까 싶어진다. 여기에는 어떤 심리가 숨어 있을까. 손해를 보기 싫다는 마음일 것이다. 내가 투자한 감정과 시간을 보상받지 못하면 거리를 두어서라도 나를 보호하고 싶은 것이다.

원래 'fair weather'란 표현은 스포츠 팬 이전에 친구나 사람을 가리킬 때 자주 쓰는 표현이다. 'fair weather friend'란 어떤 사람이 잘나갈 때, 그 옆에 있으면 콩고물이 떨어질 때는 찰싹 붙어 있다가 그 사람이 어려운 상황에 처하면 언제 그랬냐는 듯 멀어지는 사람을 말한다.

그렇다면 나는 사람에 관해서는 끝까지 신의를 지켰을까. 어떤 사람이 불행에 빠졌을 때 일부러 멀리한 것 같지는 않으나 감정적으로나 금전적으로 손해 보는 관계를 오래 참지는 않았다. 또 누군가를 처음 만났을 때 장점만 보고 금방 반했다가도 단점이 눈에 보이면 금방 마음이 식었고 헤어져도 크게 미련을 안 두었다.

정치적인 신념이 있다고는 말할 수 있나? 애국심은 있나? 얼마 전 미세먼지가 극심할 때는 이 나라를 뜨겠다며 바로 이민을 알아보기도 했는데?

이러고 보니 '페어 웨더 팬'이나 '페어 웨더 프렌드' 정도가 아니라 '페어 웨더 인간'이라고 할 수 있겠다.

뭐든 금방 질리고, 변덕이 죽 끓듯 하고, 유행에 휩쓸리고, 신념이나 대의 없이 귀만 얇은 나. 이런 인간이 어쩌다 보니 가장 진득해야 하고 한결같아야만 하는 번역을 14년째 하고 있다.

물론 다른 일을 할 재주가 없었기 때문에, 일은 하고 싶은데 다른 선택지가 없었기에 번역만 붙잡고 있었다고 해야 더 정확할 것이다. 아마 나에게 쓸 만한 자격증이 있었거나 방송 작가를 다시 할 기회가 있었다면 번역과도 결별했을지 모르겠다.

하지만 이 무슨 질긴 인연인지 아니면 내가 이 아이를 놓고 싶지 않았던 건지, 번역이 나를 아프게 해도, 답답하게 하고 미치고 팔짝 뛰게 해도 헤어지지 않았다.

그리고 이 번역은 충동적이고 항상 여기보다 다른 어딘가를 그리워하며 현실에서 도피하고 싶은 몽상가였던 나를 책상과 의자 그리고 이 땅 위에 단단히 붙들어놓았다. 무엇보다 한번 의뢰받아 시작한 책은 중간에 그만둘 수 없었다. 아무리 이번 시즌 이야기가 산으로 가도, 15연패를 해도, “여기서 우리 그만 볼까?”라고 작별을 고할 수가 없었다.

또 한 가지 문제는 번역을 일로 대해서만은 안 된다는 것이었다. 저자와 책에 애정이 있어야 한 문장이라도 나아지고 완성도가 달라지기 때문에, 싫어도 좋은 척, 재미없어도 재미있는 척하고, 하나 마나 한 이야기가 계속 이어지다가도 한 문장만 사랑스러우면 ‘옳지, 역시 훌륭한 책이군’ 하고 고개를 끄덕이며 번역했다. 10패 후 1승만 해도 감격하는 격이다. 번역할 때만은 내가 번역하는 이 책이 내가 사는 세계의 전부인 것처럼, 유일한 스포츠 팀인 것처럼, 절대 버릴 수 없는 운명의 연고지 팀인 것처럼 사랑해야 했다.

오죽하면 번역하다가 동물원의 〈널 사랑하겠어〉를 개사하기도 했을까.

널 사랑하겠어
마감까지만
널 사랑하겠어
교정 끝날 때까지
이 세상 어떤 책보다
널 사랑하겠어

문제는 여기서 끝나지 않는다. 드라마 재방송도 안 보고 읽은 책을 절대 다시 읽지 않는 내가 같은 책을 마르고 닳도록 다시 봐야 한다는 것이다. 때로는 문장을 달달 외울 때까지 교정을 보고 다듬고 매만지고 단어를 바꾼다. 한번은 지금 하는 책보다 다음에 할 책이 너무 재미있어 보여서 두 권을 동시에 해보았다. 그런데 시간만 길게 늘어져 작업 효율이 상당히 떨어졌기에 지금은 절대로 그렇게 하지 않는다. 한 책의 최종본을 편집자에게 이메일로 보낼 때까지 다음 책은 펼치지도 않는 걸 원칙으로 한다.

나 같은 일급 변덕쟁이가, 나처럼 손해 보면 발끈하는 사람이, 때론 억울하다 싶을 정도로 보상도 적고 다른 곳에 눈도 못 돌리게 하고 능력에 매번 좌절하게 하고 아무리 해도 절대로 쉬워지지 않는 이 작업을 중간에 포기하지 않고 어떤 내용이든 (내 기준에서는) 한 권 한 권 최대한 꼼꼼하게, 완벽하게 해내는 동안 나도 조금은 변화했다.

나와 내 삶이 아무리 지긋지긋하고 때로 망할 것 같아도 일단은 앉아서 버텨보는 능력이 조금은 발달한 것이다. 좋은 것만 쏙쏙 단물 빼먹듯이 살아갈 수는 없다는 것을 배우고 투자한 만큼 돌려받지 못하는 인생의 진리를 깨치고 버티고 버틴 끝에 찾아오는 정당한 자유의 맛을 알았다.

우정을 지키는 힘, 결혼을 유지하는 힘, 문제가 생겼을 때 외면하지 않고 정면으로 바라보고 내 힘으로 해결하려는 힘도 번역을 하면서 조금은 자랐다. 나를 향한 애정도 어쩌면 번역 덕분에 지킬 수 있지 않았나 싶다. 선택지가 없는데 이런 나라도 안고 가야지 별수 있겠나. 사랑해야지 별수 있겠나. 사랑하면 결과물이 나아진다는 걸 아는데.

그래서 오늘도 페어 웨더 팬, 페어 웨더 국민, 페어 웨더 인간인 나는 비가 오나 눈이 오나 바람이 부나 노트북을 싸들고 버스를 타고 꾸역꾸역 한 자 한 자 번역을 하기 위해 집을 나선다.

fair weather fan

: 팀이 승승장구할 때만 팬임을 자청하는 팬

내 삶이 아무리 지긋지긋하고 때로 망할 것 같아도

선택지가 없는데 안고 가야지 별수 있겠나.

2

되고 싶은 마음

NO. 01

간절함이 재능

embarrass myself

이제는 명절이나 크리스마스 시즌 TV 단골 영화가 된 〈라라랜드〉를 보다가 극장에서 봤을 때는 지나쳤던 장면과 한 줄의 대사 앞에서 멈칫했다.

주인공 미아는 오디션에 거듭 떨어지자 직접 대본을 써서 연극 공연을 하기로 한다. 사비를 들여 극장을 빌리고 포스터를 붙이고 드디어 무대에 서지만 한 줌의 관객만 있는 거의 텅 빈 관객석 앞에 서는 순간 가슴이 쿵하고 내려앉는다. 그래도 최선의 연기를 펼치고 대기실에 들어온 후 사람들의 말을 엿듣게 되는 미아. "역시 1인극은 별로야.", "연기도 제대로 못하던데." 눈물이 핑 돌지만 꾹 참고 나오던 미아는 세바스찬을 만난 순간 말한다.

"다 관둘래. 됐어. 그만둘 거야. 더 이상 날 비참하게 만들고 embarrass myself 싶지 않아."

'embarrass'는 '당황스럽게 만들다, 창피 주다, 난처하게 만들다'라는 뜻이지만 보통 수동태로 "I am embarrassed."라고 쓴다. 커피를 엎질렀을 때, 넘어졌을 때, 어색하고 부끄럽고 바보 같다 느껴질 때 창피하다는 의미로 자주 쓰는데 꼭 내가 한 실수 때문은 아닐 수도 있고 가벼운 실수일 수도 있다.

하지만 'embarrass myself'라고 하면 스스로 자초한 것, 본인 스스로 굴욕적인 상황을 만든 것일 수 있고, 그렇기 때문에 수치심과 자책감까지 세트로 따라온다.

아무 생각 없이 읽고 듣고 번역하던 이 단어가 영화가 끝난 다음에도 맴돈 건 아마도 그 말을 신경질적으로 내뱉을 수밖에 없었던 미아의 사정과 땅으로 꺼지는 듯한 기분을 나도 알 만큼 안다고 믿었기 때문일 것이다. 계속 도전하는데 계속 거부당하고 밀려나면서 "넌 아니야. 실력이 안 돼. 재능이 없어. 네 분수를 알고 그냥 하던 일이나 해."라는 말을 듣는 일.

지금은 없어진 영화 잡지에 쓰던 칼럼으로 책 제안이 들어온 적이 있었다. 거의 10년 전이었고 퇴근길, 복잡한 지하철 안에서 유명 출판사 편집자의 전화를 받고 꿈인지 생신지 하며 집에 왔던 기억이 생생하다. 인생이 술술 잘 풀리는 날에는 그 실타래가 어떤 식으로 꼬이게 될지 짐작도 하지 못한다.

너무나 복잡하고 슬픈 사정으로 책은 내지 못했고 나는 그때부터 '내 책'에 집착하게 되었다. 아니, 사실 라디오 방송 작가를 막 시작했던 20대부터 방송 작가들이 원고를 바탕으로 쓴 책을 보면 가슴이 두근거리다 못해 샘이 나서 차마 서점에 오래 있을 수 없을 정도였다. 하지만 간절히 원하면 오히려 첫발을 떼기가 두려운 것인지 책을 내고 싶다는 생각은 하루도 빠짐없이 하면서 정작 글은 한 줄도 쓰지 못했다. 한번은 번역을 자주 맡겨주던 출판사 사장님에게 기획서를 들고 찾아갔고 출판사에서도 10퍼센트쯤 호감을 보였다. 그러나 계약까지 진행되진 않았고 나 또한 적극적이지도 않았으며 결정적으로 글을 쓰지 않았다. 번역처럼 마감이 있다면 쓸 수 있었을 텐데.

한편 내가 번역만 하는 사람이 아니라 글도 쓰는 사람이라는 인상을 남기려면 일단 잡지나 신문에 기고를 해야 한다고도 생각했다. 내가 번역하는 책의 모든 저자 이력을 보면 〈가디언〉

이나 〈워싱턴 포스트〉 같은 각종 매체에 글을 기고하면서 작가 경력을 시작한 것으로 나와 있지 않나. 우리나라에도 번역을 하면서 에세이를 쓰거나 기고하는 이들이 있었지만 내가 낄 자리는 없는 모양인지 흔한 서평 청탁 하나 들어오지 않았다.

용기 내어 출판 관련 잡지 편집장에게 서평을 쓰고 싶다고 페이스북 메시지를 보내보았지만 답을 받지 못했다. 답답한 마음에 트위터에다 "새로운 필자를 원하시나요? 저를 써보세요."라는 트윗을 올렸다가 의뢰를 받고 칼럼을 썼지만 담당자의 반응은 떨떠름했고 그 에디터에게서 다시 의뢰가 들어오는 일은 없었다. 그 뒤로는 잡지 칼럼에 감히 도전하지도 못하게 되었다.

한번은 뜬금없이 대학신문사에서 칼럼을 의뢰받았다. 비 오는 날 가족들과 캠핑을 하고 집에 오는 차 안에서 번역이 아닌 칼럼 의뢰를 받고 얼마나 들떴었나. 이번에는 잘 썼다는 칭찬도 받았다. 한참 후 "그런데 원고료가 얼마인가요?"라고 메일을 보냈더니 원고료 없는 원고라는 답이 왔다. 그렇지. 나에게 들어오는 정도면 그렇지. 그래도 그해 쓴 딱 두 개의 칼럼을 잘 오려 번역서들 사이 보물처럼 간직했다.

그사이 번역과 관련해서도 크고 작게 자존심을 다치는 일이 셀 수 없을 만큼 많았다. 나와 맞지 않는 육아 책, 번역가를 잘

못 찾아온 것이 분명한 경제학 책을 울면서 하다가 내가 하면 잘해낼 것 같은 책을 연달아 내는 출판사 대표에게 메일을 보내보았다. 답이 없었다. 내가 쓴 메일을 다시 읽어보니 오탈자가 보였다. 부끄러웠다. 이래서 답장도 안 해준 거구나. 괜한 짓을 했구나.

그런데도 왜 나보다 좋은 책을 번역하는 사람들과 자기 책을 내는 사람들에 대한 맹렬한 질투심이 가시질 않지? 왜 이 욕망은 없어지질 않지? 왜 이 욕망 때문에 스스로 망신을 자초하고 있지? 왜 자꾸 비참해지고 열등감에 사로잡히지? 이 감정은 언제쯤 사라지고 그저 그런 책이라도 꾸준히 하는 번역가로만 만족할 수 있을까.

미아가 세바스찬의 말을 듣지 않고 그냥 유타로 돌아가서 대학을 다녔다면 어땠을까 상상해본다. 아마 로스쿨을 졸업하고 로스쿨 동기와 결혼해 번듯한 직장을 다니면서 아이도 하나둘 낳았겠지…. 하지만 모든 걸 가진 듯 완벽해 보이는 30대 중반의 미아는 밤에 잠 못 들고 뒤척거리다 다음 날 동네 도서관에 연극반을 모집한다는 공고를 붙였을지도 모른다. 시나리오 공모전에 여전히 도전하고 있었을지도 모른다. 연기의 꿈을 포기하지 않았다면 엑스트라라도 맡기 위해 또다시 할리우드로 가 오디션을 보았을지도 모른다.

미아는 젊으니까 몰랐을 것이다. 포기하려 해도 포기가 잘 안 되는 사람들이 있다. 그런 사람들은 머리가 희끗희끗해져서도, 지방에서 올라와서도 소설 쓰기나 글쓰기 수업을 들으면서 자기보다 한참 어린 선생과 대학생들에게 비판을 받고 또다시 망신을 당한다. 그러면서도 신춘문예에 도전하고 자비출판을 알아본다. 그것이 가능성이 조금이라도 컸던 시절 더 밀어붙이지 못하고 당장의 생활에 안주한 대가임을 뼈저리게 느끼면서.

그런데 바로 그 '간절함', '포기 안 됨'이 재능일 수도 있다.

끝까지 수업에 나오고 한 장이라도 쓰는 사람들이 언젠가는 자기 이름이 새겨진 한 권의 책을 손에 들게 될 수 있다.

미대를 가지 못했지만 그림을 포기 못했던 주부가 몇 년간 문화센터를 다니면서 수채화를 그리다 전시회를 한다. 한때 영화배우가 되고 싶었던 여자가 아이를 다 키워놓은 후 뜻이 맞는 사람들과 직접 대본을 쓰고 주말마다 연습을 하고 작은 무대에 선다. 소문이 난다. 다른 지역의 문화 행사에 초대된다. 함께 샴페인을 터트리며 기뻐한다.

나 역시 나를 표현하고픈 욕구는 나이가 들어도 사라지지 않을 것이라는 직감이 왔고 한 살이라도 젊을 때 'embarrass myself'를 계속해보자 싶었다.

여전히 재능을 의심하고 여전히 맷집 따위 없지만 어차피 아무리 팡팡 때리고 눌러도 고개를 드는 두더지 게임의 두더지 같은 것이 나의 욕망이라면 계속 시험해보는 수밖에 없었다.

그래서 들어오는 책은 마다하지 않고 번역했고 아무도 보지 않고 아무런 매체에서 의뢰가 들어오지 않고 아무도 좋은 말을 해주지 않는 아무리 못난 글이라도 괜찮다고 생각하면서 글을 썼다. 소설 출판 거절 편지를 100장쯤 모아두었다는 작가를 떠올리면서 앞으로 거부 메일을 20번은 더 받아도 끄떡없는 사람이 되자고 다짐도 했다.

아무래도 나의 간절함이 응답을 받은 것 같다.

나는 〈라라랜드〉의 미아가 1인극을 세 번쯤 더 했어도 된다고 생각한다. 그리고 그 세 번째 연극 후에 훌륭한 감독에게 전화가 왔으리라 생각한다.

NO. 02

자존감 낮고 삶이 불만스러운 SNS 중독자

nemesis

고백부터 하고 시작하련다. 나는 비교한다. 어린 시절부터 그랬다. 심했다. 나에게는 언제나 비교하며 열등감을 느끼는 상대가 있다. 질투로 끓어오른다. 또한 SNS 중독이다. 심하다. 사소한 게시물 하나에도 갑자기 심장이 불안하게 뛰고 입술을 잘근잘근 씹게 되고 1초 전까지 멀쩡했던 내 인생이 재활용 쓰레기통 안의 우그러진 페트병 같아 보일 때가 있다. 그래서 주기적으로, 아니 충동적으로 다음의 행동을 한다.

-자주 보지 않기

-뮤트하기

-게시물 숨기기

-팔로우 취소

팔로우를 끊을 수도 있지만 일단 '뮤트'를 하면 그 사람의 글은 아예 안 보게 된다. 차단하기는 아무래도 내 심정을 들킨 것 같아 철천지원수거나 변태적인 멘션이나 고리타분한 설교를 하는 사람이 아니면 잘 하지 않는다. 뮤트하기를 누르고 나면 나의 지질함에 몸서리쳐지는 순간은 별로 길지 않은데, 눈에서 안 보이는 순간 나도 곧 그들의 존재를 잊어버리고 내 일상과 감정은 다시 평온을 되찾기 때문이다. 자존감 낮고 삶이 불만스러운 SNS 중독자들에겐 가장 빠른 처방약이다.

록산 게이의 《나쁜 페미니스트》에는 원서에는 있지만 싣지 않은 챕터가 있다. 책의 테마와도 맞지 않고 한국 독자에게 너무 생소해서 나도 편집자도 처음부터 동의한 부분이다. 그 챕터에는 게이가 '스크래블'이라는 단어 게임 대회에 나가 막강한 경쟁자를 만난 이야기가 나온다. 게이는 경쟁자를 'Nemesis'라 칭하고 이 네메시스에게 져서 씩씩거리다가 다시 이기고 환호하는 어이없고도 귀여운 모습을 보인다.

원래 네메시스는 그리스신화에서 복수의 여신이지만 미국의 슈퍼히어로 코믹북에 '모든 슈퍼히어로에게는 네메시스가 있다'는 문장들이 등장하면서 이기기 힘든 강적을 의미하게 되었다고 한다. 'enemy'라든가 'foe'보다 더 시적인 느낌을 준다.

게이의 네메시스는 여섯 명이라고 하는데 사람들의 요란스러운 관심과 유추에는 늘 모호하게 답하며 빠져나간다. 자신의 책을 혹평한 작가도 있고 연예인도 있고 때로는 긴 머리의 잘생긴 뮤지션(얼마나 많아!)이라고도 하는데 아무튼 "그 사람의 존재만으로 영혼이 바닥으로 꺼지는 느낌"이란다.

'내 정적의 완벽한 미소, 귀여운 성격, 맑은 피부를 보면 화가 나서 미칠 것만 같다', '알고 보면 내 정적의 친구들도 그 사람을 다 싫어할지도 모른다. 오늘 종이에 손가락 베였으면' 하는 식인데 상대를 직접 언급하지 않으면서도 허공에 주먹질을 하는 것 같은 의미심장하면서 코믹한 감정 표출에 중독성이 있어서 미국에서는 일명 '네메시스 트윗'이 인기를 끌기도 했다.

나에게도 차마 이름과 아이디는 밝힐 수 없는 네메시스들이 있다. 여섯 명 정도가 아니라 그보다 훨씬 웃돌고 그들은 나의 존재 자체도 모를 가능성이 높으며 알아도 나 같은 미물에는 신경도 쓰지 않을 것이다.

힌트를 약간만 주자면 능력 있는 여성들, 글 쓰는 여성들, 책을 출간하는 사람들이 언제나 나의 레이더에 들어온다. 그중에는 왠지 얄미워서 못 견디겠는 이들이 있고 진심으로 존경하고 따르고 싶은 이들도 있다. 재치와 매력이 넘치고 사랑받는 사람들도 부러워한다.

소설가면서 SNS에 올리는 글까지 발랄하게 써서 인기가 많았던 그이. 내가 시도 때도 없이 그가 이래서 얄밉고 저래서 인정할 수밖에 없고 이래서 이상하고 저래서 행복해 보인다고 하자 당시 친했던 한 친구가 더 이상 못 들어주겠는지 그렇게 남들 의식하며 살지 말라는 직언을 하고 떠난 적도 있다. 내 곁에 남은 친구들은 한참 동안 그 직언의 해악에 대한 나의 하소연에 시달려야 했다.

연말 모임에서는 방금 미용실에서 머리를 하고 온 듯하지만 내 눈에는 어색해 보이는 네메시스의 사진을 찍어 무조건 내 편인 친구에게 "가당치도 않지?"라며 사진을 보낸 후 3초 정도 승리감에 도취된 적도 있다.

내 인생 최악의 시기에 모욕이라는 강펀치로 나를 링에서 피 흘리며 쓰러지게 한 이후 로또를 맞은 것 이상으로 성공한 사람도 있으나 너무 가슴이 쓰라리니 거기까진 이야기하지 않기로 하자. 그 사람은 차단한 지 아주 오래되었다.

변명을 하자면 처음부터 내가 이 정도까지 자존감 낮고 남들의 행불행과 성패에 일희일비하는 인간이었던 것은 아니다. 어렸을 때부터 내재했던 비교하는 성향이, 어른이 되어 몇 차례 인생이 삐끗하면서 더욱 강도가 심해졌다고 할 수 있다. 불행에서 빠져나오면 내가 가진 것들에 무조건 감사하게 될 줄 알았는데 뒤틀린 욕심과 오기와 복수심만 늘어갔다. 한쪽에서 실패했다면 다른 면에서라도 성공해야 무너진 내 자존심을 회복할 수 있을 것 같았다. 그러나 그 몇 년 동안의 질투와 복수심과 '두고 보자'는 나를 아무 데도 데려가지 못했다. 오히려 내가 바라는 내가 되기 위해서는 아무 노력도 하지 않으면서 밉상 리스트만 늘려가는 내 쪼잔하고 못난 마음이 더 물리치기 어려운 강적이었다.

그래도 요즘은 전보다 비교하는 마음으로 괴로워하는 일이 현저히 줄었다. 나이가 들어서 에너지가 달리고 시간이 아까워졌기 때문인지, 아니면 이제야 주제 파악을 하고 욕망을 줄이고 포기를 했기 때문인지, 그간 번역가로 더 인정을 받게 되고 내 글도 읽히게 되어서인지, 이 중에서 어떤 변화의 지분이 더 큰지는 모르겠다. 내 인격이 성숙해서라고 말하고 싶지만 나조차도 100퍼센트 확신할 수 없음은 물론이고 나를 아는 절친들도 코웃음을 칠 것이다. 어쩌면 보호 본능이 발동해 날 괴롭히는 소음을 꺼버리는 방법을 터득했을 뿐인지도 모른다.

고등학교 때 나의 네메시스는 야간 자율 학습 시간에 무서울 정도의 집중력으로 공부하던 문과 전교 1등 아이였다. 그 아이와 몇 테이블 떨어진 맞은편 테이블에 앉아서 그 아이가 고개를 몇 번 드는지와 화장실에 몇 번 가는지를 세었다. 결국 그 아이와 나는 같은 대학에 진학했고 학과 커트라인은 내가 더 높았다는 사실을 확인하고는 홀로 미소를 지었다. 때로는 경쟁심과 질투심이 소기의 성과를 거두기도 한다.

지금의 나라면 어땠을까. 그 아이가 눈에 들어오지 않는 곳으로 자리를 바꾸었을 것이다. 괜히 우월한 유전자 때문에 정신 건강 해치지 말고 중간중간 장미 향기를 맡으며 내 속도대로 가자고 생각했을 것이다.

그래도 자리를 바꾸건 경쟁자를 두건 안 두건, 학생은 공부를 해야 성적도 오르고 진학도 하는 법이다. 마찬가지로 얼굴 한번 보지 못한 사람을 뮤트하고 팔로우를 끊는 건 내 자유지만 나와 내 인생은 뮤트할 수도 팔로우를 끊을 수도 없다. 어른으로 내 인생을 책임지려면 내 하루를 조금이라도 행복하게 만드는 수밖에 없고 나의 내일이 오늘보다 더 나을 수 있도록 행동하는 수밖에 없다. 그렇게 나만 들려줄 수 있는 이야기를 한 줄 한 줄 만들어가는 수밖에 없다.

NO. 03

나쁜 점은 덜 보고 좋은 점은 더 보길

strength and weakness

내 팀은 왜 이렇게 문제가 많을까. 스포츠, 특히 야구를 보는 사람들은 모두 자기 팀에 불평불만투성이다. 감독을 탓하고 선수를 욕하고 프런트를 비난한다. 보통 시즌이 시작되기 전에 팀과 선수들은 팀의 장점과 단점, 즉 'strength and weakness'를 분석한다. 이때만 해도 팬들은 꽤 객관적으로 장단점을 살펴보면서도 제3의 변수가 나타나 팀을 예상외의 성적으로 이끌 것이라는 낙관적인 기대를 품는다. 그러나 시즌 중반 정도가 되면 팬들은 단점에 주목한다. 경기를 치르면 치를수록 단점은 부각되고 이 단점이 팀을 허무한 패배로 이끌었다고 한숨 쉰다. 열 게임차로 선두를 달리고 있는 팀도 불펜에 쓸 만한 좌완이 없고 마무리가 불안하고 수비 실책이 많고 역전승이 적다고 매 경기마다 불안해한다.

왜 이렇게 내 팀의 단점만 크게 보이는지 드디어 깨닫게 되었는데, 열혈팬이라면 자기 팀 경기는 거의 한 번도 빼놓지 않고 보기 때문이다. 특히 야구 같은 경우 잘나가는 팀도 승률이 6할 정도기 때문에 열 번에 네 번은 지는 게임을 봐야 하고, 그때마다 만루에서 병살타가 몇 번 나왔고 감독이 투수 교체를 어떻게 잘못했는지 모두 내 눈으로 확인하고 만다. 자기 응원팀이기 때문에, 또 매일같이 끼고 살기 때문에, 속속들이 알기 때문에 지지리도 못나 보이는 법이다. 오죽하면 경마하는 사람들은 자기 말이 걸어가는 것 같다고 할까. 반면 나와 경쟁하는 팀은 승률은 더 낮아도 장점만 보인다. 1, 2선발이 막강하고 3, 4번 타자들이 강하고 도루 성공률이 높다.

하지만 어느 날 상대 팀의 팬이 된 마음으로 그 팀 경기만 찾아보면 컴퓨터같이 보였던 감독이 경기를 망치고 방어율 1점대였던 불펜 투수가 3점 홈런을 맞는다. (나는 세인트루이스 감독이 기차게 영리하고 선수들이 얄미울 정도로 야구를 잘하는 것만 같았는데 오승환 선수 때문에 자주 보게 되면서 그 팀도 어설픈 면이 있다는 것을 알게 되었다.)

다른 사람들이 멀리서 볼 때 나는 80여 권을 넘게 번역한 중견 번역가지만 나 자신은 내 작업실에 꽂힌 책들을 보면서 한 쪽 입가가 비틀리기 일쑤다.

이 책은 편집자이자 대표가 역자 후기를 실어주지 않아 작업실에서 책을 집어 던지며 싸웠고, 이 책은 내가 유난히 머리 싸매고 어렵게 번역했지만 편집 과정에서 내용이 빠지거나 바뀌어버렸고, 이 책만큼은 칭찬을 들을 줄 알고 "번역은… 어땠나요." 조심스럽게 물었더니 편집자가 "문장이 툭툭 끊어져요." 라고 대답해 좌절감의 구렁텅이에서 허우적거렸다. 이 책은 번역을 끝내고 1년이 지난 후에 겨우 읍소해서 번역료를 받았고, 이 책은 역자 교정 하다가 뒷목을 잡았다. 내가 번역한 경제 서적이 온라인 서점에서 번역 악평을 받은 적이 있고, 나는 주로 가벼운 에세이나, 소설이라면 칙릿이나 스릴러는 들어오지만 순수문학이라든가 무게가 있는 책의 번역 의뢰는 들어오지 않는 편이다.

나의 번역가로서의 단점과 구차한 뒷이야기들을 누가 알겠는가. 나만 안다. 그래서 나는 매번 최선을 다해 번역을 하지만 매번 최종 원고를 메일로 보낼 때마다, 책이 출간될 때마다 불안하다.

일뿐만 아니라 내 일상도 허점투성인데 이 허점을 누구보다 잘 알아서 괴롭고 단번에 바뀌지 않는다는 걸 알기에 슬프다.

메릴 스트립의 딸인 마미 검머Mamie Gummer가 주연한 〈에밀리의 병원 24시〉라는 드라마를 우연히 보았는데 마지막 내레이션이 내 마음을 그대로 말해줘서 놀랐다. 구글에서 찾아보니 다른 사람들도 좋아요를 눌러놓았던 내레이션이었다.

> "우리는 우리 자신을 판단하지 않기가 어렵다. 왜냐하면 우리는 모든 실수를 인식하고 있으니까. 우리 내면의 불안과, 우리의 숨겨져 있는 의도와, 우리의 실패들을. 그래서 내년 나의 소망은 나 자신에 조금 더 여유를 주는 것이다. 나쁜 점은 덜 보고 좋은 점을 더 보길. 그냥 나 자신에게 여유를 주고 싶다." It's hard trying not to judge yourself. Because we are aware of every mistake. We know our inner doubts, our hidden motivations, our failings. So my wish for next year is to be easier on myself. Focus less on the bad and more on the good. Really, just give myself a break.

focus more on the good. 나의 좋은 점에 집중하는 것. 말은 쉽지만 나를 바라볼 때도, 내 스포츠 팀을 볼 때도 그렇게 하기가 쉽지는 않다. 그런데 다양한 스포츠에 관심이 많은 스포츠 팬으로 내 마음의 변화를 관찰하다 보니 내가 언제 'weakness'

가 아니라 'strength'에만 집중하는지 알게 되었다.

첫째, 처음 어떤 스포츠를 사랑하게 되었을 때, 처음 어떤 팀을 응원하게 되었을 때다. 말하자면 허니문 시즌이다. 올해 봄 클리블랜드 캐벌리어스 소속이었던 르브론 제임스의 포스트 시즌을 보고 NBA에 입문하게 되었는데, 경기가 끝난 후에 르브론의 팬들이 "르브론 제임스, 오늘 수비가 별로지 않았나요?"라고 하면 황당하다. 모르기 때문이다. 어떻게 저렇게 활력 넘치는 선수가 있을 수 있는지 감탄하기도 모자라다. 르브론 제임스뿐만 아니라 각자 장점을 갖고 묘기 같은 플레이를 펼치는 NBA 선수들을 알아가기만도 바쁘다. 이기면 좋고 아니어도 그만. 경기에 지더라도 패배 원인을 분석하지 않는다. 경기 자체와 선수들 면면이 모두 흥미진진하니까.

둘째, 우리 팀이 중요한 경기를 앞두고 있을 때다. 어렵사리 포스트 시즌에 진출했다고 해도 중요한 경기 전날 팬들은 우리가 이런 약점들이 있기 때문에 질 것이 뻔하다고 말하지 않는다. 구석구석 숨어 있던 팀의 장점을 열성을 다해 찾아내기 시작한다. 강팀을 상대로 이겼던 경기를 복기한다. 어느 날 갑자기 우리 팀은 모든 부분이 균형 잡힌 역대 최강 팀으로 변한다. "그래도 우리 해볼 만하지 않나요?", "이렇게 하면 이길 가능성 높지 않을까요."가 된다. 간절하게 이기고 싶은 빅게임에서는 내가 가진 확실한 장점을 믿고, 이것들이 날 구해줄 거라 믿고 나아가야 한다.

중견 전문 번역가지만 이제 첫 책을 쓰고 있는 새내기 작가인 나는 마치 어떤 스포츠와 처음 사랑에 빠진 사람, 혹은 빅게임을 앞둔 스포츠팬이 된 것만 같다. 아직은 글쓰기의 즐겁고 신나는 면만 보이고 내 글의 장점만 보이고 장점만 찾고 있다. 'strength'만 모으고 모아 정신력으로 무장한 다음 배짱 좋게 나가도 될까 말까인데 나의 못난 점, 약점, 결함, 'weakness'를 따지고 있을 시간과 여유가 어디 있단 말인가.

생각해보면 처음 번역을 시작했을 때도 무모한 배짱과 자신감이 있었다. 그 시절 번역한 책은 지금은 창피해서 들여다보기도 싫지만 그때는 이 정도면 정말 훌륭한 번역이라 생각하며 진도를 죽죽 나갔다. 번역료가 적어도 개의치 않았고 원고료는 "언제든지 주기만 하세요."라며 기다렸다. 새 책의 번역 의뢰가 들어왔다는 이유만으로 감개무량해 세상을 다 가진 것 같은 날도 있었다.

처음 무언가를 도전하는 사람에게 필요한 건 객관적인 능력치도 아니고 분석과 비교도 아니다. 맹목적인 믿음과 희망이다. 일단 그렇게 시작부터 해보아야 한다. 프로가 되거나 눈이 밝아지면 비교하고 좌절할 일은 원치 않아도 많으니 그건 그때로 미루기로 하자. 그전에는 무조건 나에게 엄지손가락을 들어줘도 된다.

NO. 04

나도 누군가가 될 수 있었다고

somebody

내 인생의 틈만 돋보기로 확대하면서 '어차피 이번 생은 망했어' 정서에서 헤어 나오지 못할 때, 내가 되고 싶은 나와 현재의 나가 인간과 파충류처럼 멀게만 느껴질 때, 나와 비슷한 출발선에서 시작했던 이가 이제 다른 물에서 놀고 있다는 걸 우연히 알게 되고 밥이 안 먹힐 때, 한마디로 '찌질'의 광풍 속에서 사정없이 흔들릴 때 환영처럼 튀어나와 나를 더 괴롭히던 단어가 바로 'somebody'였다.

오래전, 나름 시네 키드로서 고전 흑백 영화들을 섭렵하던 시절, 아니 솔직히 말하면 〈욕망이라는 이름의 전차〉나 〈아가씨와 건달들〉에서의 섹시 터프한 마성의 남자 말론 브란도에게 반해 있던 시절 비디오 가게에서 빌려본 〈워터프론트〉라는 영화에 나온 대사를 나는 그 후로 오랫동안 종종 떠올렸다. 내 기억 속에서 재생되는 장면은 체크무늬 점퍼를 입은 브란도가 부둣가에서 "I wanna be somebody!"라고 애통하게 부르짖던 모습이었다. 비루한 현실에서 야심으로 몸부림치는 브란도에게 깊이 감정이입하며 나는 씻지도 않은 채 이불을 돌돌 말고 외쳤던 것이다. "나도 somebody가 되고 싶다고!"

그러나 최근 영화를 다시 본 결과 내 기억이 상당히 왜곡, 날조되었음이 판명되었다. 그래도 somebody란 단어가 핵심이고 그것이 나처럼 영화를 본 이들은 모두가 기억하는 명장면, 명대사인 것만큼은 맞았다.

항만 노동자인 테리 말로이(말론 브란도 분)는 실패한 전직 권투 선수로 노동자들을 갈취하는, 전혀 프렌들리 하지 않은 프렌들리란 사람의 뒤를 봐주고 있다. 이들의 부정행위를 고발하려던 친구가 일당에게 살해당하는데, 테리는 그 과정에 자신이 일조했음을 알게 되고 그 친구의 여동생과 사랑에 빠지면서 진실 폭로와 타협 사이에서 갈등한다.

역시 프렌들리 일당의 하수인으로 일하는 형 찰리는 테리를 만나 법정에서 증언하지 말라고 협박에 가까운 설득을 한다.

이때 테리는 권투선수로서 이름을 알릴 수 있었던 결정적인 경기에서 상대에게 돈을 걸었다는 형의 말에 일부러 져주었고, 그때부터 그의 인생이 내리막을 걸었다면서 이렇게 말한다.

> **"형은 이해 못해. 나도 명예를 차지할 수 있었다고. 나도 챔피언이 될 수 있었어. 나도 누군가가 될 수 있었다고. 지금 같은 날건달이 아니라."**You don't understand! I coulda had class. I coulda been a contender. I could've been somebody, instead of a bum, which is what I am.

이 장면과 대사가 왜 이렇게 강렬할까? 한 번쯤 이런 생각을 해보지 않은 사람이 있을까? "그때 그랬더라면, 저랬더라면, 달라졌을 거야. 난 이 정도에 머물 사람이 아니었어. 지금도 아니야." 그런데 불안한 욕망의 상징 같은 말론 브란도가 우리가 남몰래 읊조리던 말을 이렇게나 완벽한 메소드 연기로 보여주니 많은 이들이 같이 회한에 젖어 먹먹해진 가슴을 부여잡은 것 아닐까.

그래서 가끔 나처럼 이 장면에 감응하고 유난히 somebody라는 개념에 집착하는 사람을 'somebody 증후군'이라 명명하고 이제부터 특징을 분석해보려고 한다. 하지만 나는 넓은 안목으로 다양한 인간군상과 직업군에서의 야망과 심리를 연구하는 데는 아무런 소질이 없고 오로지 내 감정과 내 생각과 내 야심과 내 실패만 나노 단위로 들여다보는 것이 취미인 사람이기에 어디까지나 내 위주의 이야기가 될 것이다. 어쩌면 가장 개인적인 것이 보편적인 것일 수도 있지 않은가.

첫째, 난데없이 바닥을 쳐본 사람들이 '썸바디'에 집착하는 경향이 있다. 올리버 트위스트처럼 초년고생을 지독하게 해 그 뒤로 오는 모든 행운과 사다리를 인생의 보너스처럼 받아들이는 사람 말고, 온실 속 화초처럼 살다가 어느 날 비닐하우스 밖의 차가운 땅바닥에 내동댕이쳐진 사람들 말이다. 이들은 처음에는 자신의 운명을 받아들이지 못하고, 이 고난에서 어떤 의미를 찾으려고 몸부림치고, 그러다 이 부당한 상황은 좌절과 고통 속에서 자신을 더 깊이 있고 위대한 인물로 만들려는 신의 거대한 뜻의 일부가 아닌가 하는 거대한 착각을 하게 된다. 도약의 기회가 아니라면 내게 이런 좌절이 주어질 리가 없지 않은가. 언젠가 이 모든 아픔을 딛고 레드카펫을 걸을 것이라는 망상에 빠진다. 그러나 이렇게 현실 부정과 인정 사이를 오가며 자기 인생 분석에 모든 에너지를 쓰느라 정작 자기에게 있다고 믿는 재능을 가시적인 결과로 만들어내지는 못한다.

이 온실의 꽃이 자기 깜냥으로는 감당 못하는 횡포한 바깥세상에서 시들시들해가는 사이 원래 야생에서 자라던 식물들은 오늘도 열심히 햇볕을 받아 꽃을 피우고 열매를 맺는다. 그 모습을 보며 과거의 모든 작은 영광과 가능성을 잊지 못하는 온실의 화초님은 점점 비뚤어지고 꼬여 오늘 하루만 술로 잊어보자고 하면서 더욱 '썸바디'와 멀어지고 '노바디'nobody로 전락하게 된다고나 할까.

둘째, 아직 인정받지 못한 작가 및 창작자 및 예술가적 기질을 가진 이들이 이 병을 자주 앓는다. 머리에 2톤 정도의 생각과 아이디어를 이고 다니는 이들. 이들의 머릿속에서는 간간이 꽤 정교하고 고상하고 아름다운 세상이 펼쳐진다. 아무도 모르고 아무도 인정해주지 않지만.

예전에 근사한 직업이 있고 애정이 깊은 남편과 매일매일 행복하게 살아가고 있다는, 실제로 그렇게 보이는 블로거의 블로그를 자주 찾았다. 그녀는 블로그를 상업적으로 이용하지도 않고 어떤 광고도 거부했는데 자신의 요리와 인테리어를 매일같이 보여주고 싶어했다. 보여주지 않아도 충분히 행복할 텐데 왜 저렇게 세상에 자기 요리와 그릇과 상차림을 보여주려고 할까. 왜냐면 아무리 그 자체로 완전하다고 해도 나 아닌 타인에게 인정받고 싶은 욕망은 누구에게나 있으니까. 나 혼자만 보기엔 상당히 멋지니까. 솔직히 아까우니까.

내 머릿속 온갖 상상의 나래와 이야기와 글과 문장도 그렇다. 나는 이 생각과 함께 꽤 즐겁고 명랑하게 살고 있고 나 혼자만 쓰고 읽을 수 있지만, 세상에 보여주지 않는 한 불완전하다고 느낀다.

또 대체로 작가나 예술가형 인간들은 현실에는 미숙하고 서툰 경향이 있다. 이상을 현실로 구현하는 데 소질이 있는 씩씩하고 건강하고 다재다능한 사람들과 달리 현실과 이상의 차이가 너무나 크고 게다가 게으르며 그리하여 머릿속에는 영국 황실 만찬이 펼쳐지고 있는데 식탁에는 먹다 남은 치킨이 굴러다니는 느낌이다. 누군가 나를 만들 때 장점을 단 한 분야에만 '몰빵'했다고 느끼는 사람들, 잘하는 건 이것밖에 없다고 생각하는 사람들, 여기에서 승부를 보지 않으면 내 인생은 실패작인 것처럼 느껴지는 사람들. 이들에게는 '썸바디'가 되고자 하는 욕망이 불쑥불쑥 올라올 수밖에 없다.

셋째, 실제로 '썸바디'가 될 잠재력이 있는 이들이 있다. 그들의 욕망은 왜 꺼지지 않는 걸까. 애가 닳도록 아쉬운 부분이 있다면 적어도 그 분야에 한해서는 특별한 가능성이 있어서가 아닐까. 표출해야 하는 어떤 잠재력이 표출되고 있지 않은 것이다.

외동아이에 집착하던 한 엄마를 보며 '저 엄마한테 아이가 셋은 있어야 하는데' 하고 생각한 적이 있다. 그 엄마가 둘째를 낳으면서 드디어 그녀의 능력이 제대로 활용되고 있다는 생각이 들었다. 강연을 하거나 방송을 하면 날아다닐 것 같은데 첫 기회를 얻지 못해 답답해하는 이도 있다. "내가 하면 저것보다 더 잘할 수 있어." 이번에는 진짜다. 자신뿐만 아니라 주변 모두가 동의한다.

인간은 자기 자신을 알기 마련이고, 지금쯤이면 날개를 펴고 날아야 하는데 새장에 갇혀 있거나 날개 한쪽이 꺾여 있다는 사실도 직감한다. 〈워터프론트〉의 테리는 권투선수로 명예(class)를 얻진 못했지만 이후 인간으로서의 품격(class)이 있는 사람임을 증명해 보였고, 자기 자신뿐만 아니라 관객들도 그가 평범하고 비겁한 노동자 이상이라는 것을 알게 되었다.

이런 욕망이라면 구차하더라도 끌고 다녀보는 것도 나쁘지 않은 건 아닐까.

내 경우 이 세 가지가 복합적으로 작용하고 있는 것 같다.

한때 실패와 우울과 좌절의 진창에 빠져 허우적거린 세월이 있고, 그 때문에 현실과 이상의 간극은 점점 더 벌어졌고, 그러면서도 날 드러내고자 하는 욕망은 사그라들지 않았다. 아직 제대로 구현되지 않아서 그렇지 보여주지 않기엔 살짝 아깝다고 생각하는, 때때로 예쁘고 탐스러운 꽃이 피는, 창의성과 감수성이라고 하는 정원이 분명 내 안에 있는데.

그래도 내 조건 안에서 포기하지 않고 어찌어찌 버텨 루저, 날건달, 놈팡이가 되진 않았으니 다행이라고 해야 할까.

아, 그런데 이 장면의 유튜브 동영상 밑에는 이런 댓글이 달려 있다.

말론 브란도 씨. 안타깝네요. somebody가 되지 못해서 고통스러워하시는군요. 하지만 걱정 마세요. 당신은 얼마 후 돈 코를레오네가 됩니다.

somebody

: 지금과는 다른 누군가

아직 제대로 구현되지 않아서 그렇지
때때로 예쁘고 탐스러운 꽃이 피는 정원이
분명 내 안에 있다.

NO. 05

사랑이라는 잠재력

potential

대학 동창 모임을 호텔 스위트룸을 빌려서 하게 되었다. 미국에서 성공한 교수인 친구가 만든 자리였고, 각자 가져온 신기하고 맛있는 음식들을 펼쳐놓고 근황을 나누고 학창 시절도 회상했다.

이름도 가물가물한 한 남자 동창은 귀여운 딸 둘을 데리고 왔다. 초등학교 3학년과 일곱 살 정도 되어 보이는 소녀들이었는데 첫째 딸은 낯을 무척 가려서 아빠 뒤에 꽁꽁 숨어 얼굴도 보여주지 않았다. 계속 아빠 목에 매달리거나 등을 꼭 붙잡고 있는 모습이 낯선 장소에서 처음 보는 어른들과의 불편한 순간을 피하고 싶어하는 것만 같았다. 나는 자리에서 일어나 아이들에게 다가가 작은 목소리로 말을 붙였다.

"너희들 이리 올래? 아줌마랑 저 방으로 가서 놀자."

놀랍게도 아이들은 망설임 없이 그 보드라운 손을 맡기고 나를 따라왔다. 친구들은 "와, 역시 딸 엄마라 다르구나." 하면서 감탄했다. 나는 아이들의 아빠가 조금 전보다 편하게 대화하는 소리를 들으며 방문을 닫고 아이들에게 눈을 맞추고, 말을 붙이고, 장난을 치며 놀았다.

내게 유치원과 초등학생 여자아이들이란 매우 익숙한 존재다. 딸만 셋 있는 집에서 자랐고, 그 세 딸이 자라 언니는 딸 둘, 나와 동생은 딸 하나를 낳은 '딸부잣집'이다. 내 아이를 키우면서 비슷한 연령의 아이들을 지켜보고 관심을 가져왔으며 여자아이를 대하는 노하우가 조금은 있다고 말할 수도 있을 것이다. 그런데 나는 유독 아이들에게 말 붙이기를 좋아하고, 이렇게 처음 보는 아이들의 마음을 이해하려 하고, 눈동자를 들여다보면서 진심으로 평화롭고 기쁨이 넘치는 시간을 갖는다. 이 마음은 어디에서 온 걸까.

대학 동창들과 있었기에 나는 20대 초반의 내가 어땠는지 상기할 수밖에 없었다.

늘 자기 방에서 책을 읽고 음악을 듣지만 집안일이나 심부름 한번 하기 싫어하고 내 시간을 방해받기 싫어하던 딸. 과외로 적지 않은 돈을 벌면서도 엄마와 언니와 동생에게 선물 하나 할 줄 모르던 나. 동생 입시에 관심도 없고 도움 하나 주지 않았던 언니. 첫 조카를 귀여워할 줄도 모르고, 봐준 적도 없고, 장난감 하나 들려주지도 않았던 이모. 오직 내 외모, 내 연애, 내 꿈, 내 취미, 나, 나, 나 오직 머릿속에 나밖에 들어 있지 않은 사람이 나였다.

그랬던 내가 세월이 흐르고 흘러 처음 보는 아이들에게 부드럽게 말을 붙이고 아이의 표정을 살피고, 내 시간을 들여 아이들과 놀아주는 편안한 아줌마가 되어 있다.

잠재력, 'potential'이란 보통 성취나 재능의 영역에서 자주 언급되는 단어다. 아직은 가능성이다. 본인의 노력 여하와 기회와 행운 여부에 따라 펼쳐질 수도 있고 영원히 잠재력으로 머무르거나 조그만 점이 되었다가 사라질 수도 있다.

가끔 아이를 학교에 보내고 청소기를 밀고 화장실을 청소하고 이번 달에 번역할 책을 넘겨보면서 이 생활도 나쁘지는 않지만 '무언가 더 있지 않았을까?' 싶어질 때가 있다. 그럴 때면 내가 갈 수도 있었지만 가지 못한 길을 하나하나 헤아려본다.

영문학을 전공할 적에 19세기 영국 소설에 특별히 애착이 있었으니 계속 공부를 하면 어땠을까 생각해본다. 의지만 있었다면 대학원에 진학하고 유학도 갈 수 있지 않았을까. 힘든 길이지만 계속 공부해봤다면 어쩌면 지금쯤 캠퍼스가 예쁜 작은 대학에서 브론테 자매와 제인 오스틴을 가르치고 있지 않았을까. 그랬다면 부모님은 사람들이 물어보지도 않았는데 딸이 교수라고 자랑했을까.

졸업하자마자 고시 공부를 했다면 어땠을까. 우리 부모님은 대환영했을 것이며 지원을 아끼지 않았을 것이다. 마침 고시촌 근처에서 살았으니 고시원에 들어가지 않고 집에서 학원을 다니면서 공부할 수 있었을 것이다. 몇 년 정도 트레이닝복만 입으며 죽기 살기로 공부했다면 지금쯤 정장을 입고 로펌에 출근하고 있지 않았을까.

교직을 이수하고 임용고시를 봐서 공립 고등학교 영어 교사가 되었으면 어땠을까. '미드 대사로 영어 배우기' 같은 특별활동 시간을 만드는 인기 많은 영어 선생님이 되지 않았을까.

아니다. 내가 이 모든 이상적인 직업을 가질 수도 있었다는 가정은 부질없다. 능력도 부족했지만 원하지도 않았다. 사실 나는 대학 졸업 전에 나에게 가장 어울리는 직업을 찾았다고 생각했었다. 내 잠재력이 폭발할 수 있는 바로 그 분야를 찾았다고 자신했다. 그래서 다른 길은 쳐다보지도 않았고 방송 작가 교육원을 다니고 프로덕션에 이력서도 내보는 등 꽤 적극적으로 작가의 길로 나섰다. 수천 번의 라디오 오프닝을 듣고 문화와 예술 다방면에 관심이 많고 음악을 이렇게 사랑한다면 라디오 작가로서의 잠재력이 충분하지 않나? 라디오 구성 작가 교육원에서 나는 가장 열심히 과제를 해가는 학생이었고 방송국에 들어만 간다면 얼마든지 내 능력을 발휘해 얼마 가지 않아 클래식 음악 방송의 메인 작가가 될 거라 생각했다. 하지만 꿈꾸었던 곳에서 일하는 동안 그렇지 않다는 사실이 밝혀져서 나는 생각만큼 최선을 다하지 않았고 내게 있었는지 없었는지 모르는 방송 작가로서의 잠재력은 꽃을 피우지 못했다.

은희경과 박완서를 읽고 국문과 수업을 듣고 창작과비평, 문학사상사의 신작 단편들을 읽던 나는 순수문학에도 도전해보고 싶어 한 학기 정도 문예창작과 대학원에 다녔었다. 한 교수는 내 글을 보지도 않았으면서 나에게 무척 큰 잠재력이 있다는 말을 해주기도 했다. 나는 소설을 딱 두 편 쓰고 교수님들에게 인사도 없이 학교를 나와버렸다. 역시 내게 있었는지 없었는지 모를 소설가로서의 잠재력도 오래도록 수면 상태로 머물렀다. 이 세상에 별처럼 많을, 꿈을 못 이룬 예술가처럼 한때는 도전했었다는 것마저도 비밀로 한 채 도서관에서 《젊은작가상 수상 작품집》을 빌리는 사람이 되었다.

그나마 번역이라는 분야에서는 조그마한 성취감을 느낄 수 있었는데 번역은 아무래도 재능이라기보다는 노력, 끈기, 책임감, 인내심에 관한 분야니 이것이 나의 잠재력이었다고 말하기는 부끄럽다.

그래도, 30대 중반에라도 통번역대학원에 진학해 제대로 번역 공부를 해보았다면 어땠을까. 오로지 번역만 해온 것이 과연 잘한 일일까. 갈수록 장시간 일하기가 힘든데 내가 이 일을 언제까지 할 수 있을까.

워낙에 후회 전문가다 보니 미련을 갖고 그랬더라면, 이랬더라면 하면서 내가 지나온 길을 돌아보았다. 하지만 내 꿈이 하나씩 꺾이고, 지금의 내 모습이 내가 그리던 나의 미래가 맞는지 고개를 갸우뚱하는 중에도 나는 다른 분야에서만큼은 성장하고 있었다. 머리는 아니지만 심장이 커지고 있었던 것이다.

예를 들어 잠재력에 관해 이렇게 말할 수는 없는 걸까.

책을 무척 좋아하던 소녀가 아이 마음을 잘 헤아리는 엄마가 되

었습니다.

세상에 할 말이 많았던 외로운 여자는 매일 저녁마다 딸과 한 시간 넘게 대화하는 엄마가 되었습니다.

그러다가 순수하게 어린이를 좋아하는 사람이 되었고, 조카들을 더욱 사랑하게 되었고, 언젠가 지역사회의 어린이들, 청소년들을 위해 봉사하고 또 더 나이가 든다면 아기를 돌보는 일을 알아보고 싶은 사람이 되었습니다.

내 특유의 철없음 덕분에 나는 아이와 뒹굴며 놀고 아이와 같은 눈높이로 대화할 수 있었고, 나의 엉성함, 좋게 말하면 유연함 덕분에 아이의 모습을 있는 그대로 받아주었고 그리하여 '친구 같은 엄마' 항목에서는 그래도 상위권에 위치한다고 감히 말할 수 있다.

이런 건 잠재력의 발견이나 계발로 인정해주지 않으려나? 나는 어떤 분야에서는 생각만큼 피어나지 못했지만 예상 못한 분야에서 폭발적으로 성장했다고 생각하고 있는데?

오로지 나밖에 모르던 내 안에도 기꺼이 내가 가진 가장 좋은 것을 양보하고 희생할 수 있는 씨앗이 있었던 모양이고, 물을 듬뿍 주고 햇볕을 쬐어주니 생각보다 무럭무럭 자라났다.

식물의 탄생과 성장을 연구하며 인생을 통찰한 과학자 호프 자런은 《랩 걸》에서 아들을 낳은 후에 이렇게 고백한다.

> 어쩌면 그가 자라는 것을 보고, 그가 필요로 하는 것을 주고, 내 사랑을 당연하게 받아들이도록 하는 것이 내 인생의 가장 큰 특권 중에 하나가 될지도 모른다. 어쩌면 눈물 흘리며 씨를 뿌리는 자가 정말로 기쁨으로 거두게 될지도 모르는 일이다. 어쩌면 나도 이 일을 해낼 수 있을지도 모른다.

내가 생각보다 잘한 건 방송 작가도 소설가도 아니고 엄마였는데, 이런 내가 자랑스럽고 뿌듯하고 내 인생이 내 인생이라서 고마운데, 이 정도만 되어도 어떨까. 재능이라는 영역에서는 잠재력이 폭발하지 못했지만 '사랑하는 능력'이라는 분야에서는 '포텐' 터진 것 같은데 아니려나?

potential

: 잠재력

내가 생각보다 잘한 건 방송 작가도 소설가도 아니고

엄마였다.

NO. 06

중년 마라톤

꿈나무

riding and running

자전거와 관련된 몇 가지 애틋한 추억들은 이후에 돌아보았을 때 곳곳에 숨어 있던 '너는 내 운명'의 암시처럼 여겨진다.

자전거를 잃어버리고 연립주택 사이를 헤매면서 엉엉 울던 초등학교 3학년의 내가 있고, 대학교 때 강촌으로 간 MT에서 가장 작은 자전거로도 남자 선배들을 제치고 1등으로 들어오던 순간이 있고, 방송 작가 시절 막연히 답답하고 우울한 날 자전거를 빌려 여의도 공원을 한 바퀴 돌고 나면 말끔하게 세수한 얼굴처럼 환해지던 기분이 있다.

이후로 오랫동안 자전거를 탈 기회가 없다가 30대 중반, 자전거 타기에 최적인 도시로 이사를 하면서 얼마 가지 않아 취미가 라이딩이라고 말할 수 있을 수준까지 되었다. 본격적으로 라이딩을 하기 시작하면 속초에 껌을 사러 다녀온다고 하는데, 나는 삼성역에 평양냉면을 먹으러 갔다 올 수 있을 정도는 된다. 하트 코스(서울 주요 자전거도로를 지나는 코스로 궤적이 하트 모양이라 이런 이름이 붙었다)도 두세 번 완주했고 남태령도 몇 번 넘었고('끌바'를 자주 했지만), 책 한 권을 끝내면 여의도까지 자전거를 타고 가서 벤치에 누워 있다 오는 것이 마감 의식이 되었다. 자전거는 내 발, 내 운동기구, 내 테라피스트였다.

들꽃과 나무와 계절을 감상할 수 있으면서도 바람을 가르는 기분이 드는 적당한 속도감, 짧은 팔다리와 근육 부족이라는 신체적 조건을 지울 수 있는 평등함, 중저가 자전거로 고급 로드 자전거를 탄 형광색 운동복의 근육남들을 제칠 때의 쾌감 등 자전거의 매력은 끝이 없었고, 자전거를 향한 나의 애정은 뜨겁고도 한결같았다.

8년 동안 세 번 정도 자전거를 교체하며 오로지 자전거만 타오다가 그해 늦여름에 무슨 바람이 들었던지 늘 입던 운동복을 입고 늘 자전거로만 다니던 길을 한번 뛰어보기로 했다. 100미터 정도 뛴 것 같은데 벌써 다리는 후들거리고 숨은 턱까지 차

올라 자전거로 1분이면 쌩하고 달려갈 지점까지 걷다 뛰다 나 죽겠다 못하겠다 하며 겨우 도착했다. 운동을 안 해온 것도 아닌데 달린다는 것이 이렇게나 어색하고 어려울 줄은 몰랐다.

그래도 훈련 초창기 가장 즐거웠던 일은 밤에 러닝을 하러 나갔다가 예상 도착 시간 20분 전에 치킨을 주문한 것이다. 집에 온 지 10분 만에 배달된 치킨을 식탁에 놓고 한 캔 남아 있던 시원한 맥주를 땄다. 목구멍이 아닌 땀구멍으로 맥주가 흡수되는 듯한 경험은 처음이었다. 완벽한 치맥 타임을 위해서라도 여름밤에는 달리기를 해야겠다고 생각했다. 밤에는 자전거를 타기도 불편하거니와 자전거를 타다 내려 치킨을 주문하는 건 아무래도 모양새가 떨어지니까.

나이키 앱을 받아 거리를 늘리고 기록을 조금씩 향상하고 있던 그 시기, 자전거 라이딩도 나갔다. 한강을 지나 올림픽 공원으로 진입하는 녹음이 우거진 길목에서, 자전거 타기는 번역, 달리기는 글쓰기에 비유할 수 있다는 생각과 함께 이런 탁월한 비유를 떠올린 나는 천재가 아닐까 하는 생각을 동시에 했다.

자전거 라이딩은 엔진인 나에게 중간중간 음식과 물만 제공해주면 몇 시간이고 달릴 수 있다. 번역도 마찬가지. 물론 오래

하면 지치지만 식사를 제대로 하고 휴식만 잠깐 취한다면 여덟 시간, 열 시간, 열두 시간을 내리 하는 것도 가능하다.

또 라이딩은 코스가 어느 정도 정해져 있다. 자전거 도로나 도로를 벗어나 내 마음이 내키는 대로 인도, 산길, 흙길을 헤치고 다니기는 어렵다. 번역도 비슷해서 목표를 향해 정해진 길을 크게 벗어나지 않고 기계적으로 페달을 굴리는 일에 가깝다. 또한 타고난 재능이나 능력보다 인내력과 지구력으로 오래오래 버티는 것이 관건이다.

반면 달리기는 아무리 건강한 사람도 하루 종일 훈련할 수는 없을 것이다. 신체의 더 많은 근육을 더 강도 높게, 집약적으로 쓴다. 작업실에 오면 번역은 기본 여섯 시간은 했던 것과는 달리 글쓰기는 세 시간을 하고 나면 몸의 힘을 다 쓴 것처럼 다른 일로 넘어가지질 않았고 글을 많이 쓰고 싶다고 결심한다고 쓸 수 있는 것도 아니었다. 다음 챕터 넘어가듯 다음 글로 넘어갈 수는 없었다. 그날 할 수 있는 분량에 한계가 있고 능력에 한계가 있었다.

또 번역은 고치면 고칠수록 나아지지만 내 글은 오래 앉아서 계속 고친다고 해도 여기서 더 나아지진 않을 것 같은 때가 온다. 여기까지가 내 능력이고 깜냥이고, 내가 하고 싶은 말은 다

했으니 이쯤에서 손을 떼야 한다고 말하는 소리가 들린다.

달리기를 시도한 그해 가을과 겨울, 주춤주춤하면서 사람들에게 보여줄 글을 써보았다. 번역은 수십 권 했지만 본격적인 내 글쓰기는 이제 시작이었다. 책상 앞에 앉자마자 하던 일이 아니라 두렵고 어색했다. 하지만 러닝과 라이딩에 쓰이는 근육은 다르기 때문에 러닝을 잘하려면 러닝으로 훈련해야지 라이딩으로 훈련해선 안 된다는 사실은 다년간의 경험을 통해 알고 있다. 글쓰기 근육은 꼼꼼하고 정확하며 맛깔스럽기까지 한 번역문 100개가 아니라 한 번의 못생긴 글쓰기로 길러진다는 걸.

여전히 자전거를 사랑하고 라이딩도 종종 하지만, 요즘 나의 관심사는 러닝이다. 피트니스 센터에 등록해 실내에서 훈련한 뒤 동네에서 열리는 5킬로미터 마라톤 대회도 나갔다. 생각보다 거뜬히 달려서 다음엔 10킬로미터 마라톤에 도전했다. 결승선까지 들어왔는데도 왜 힘이 남는 거지? 더 뛰고 싶어요!

그래도 두 운동의 공통점이 있다면, 이제 그만 쉬고 싶을 때 '조금만, 조금만 더' 하면서 힘을 쥐어짜내다 보면 목표 거리나

기록을 아주 살짝이나마 뛰어넘을 수도 있다는 점, 둘 다 내 몸을 발견해나가는 일이라는 점, 고통스러운 시기를 지나면 쉬워지기도 한다는 점, 목표 지점이 보이면 나도 몰랐던 젖 먹던 힘이 난다는 점이다.

내 인생에서 자전거는 충분히 많이 타보았고 자전거로 다양한 장소를 가보았으니 이제 달려볼 차례가 아닌가 싶다. 내가 과연 어디까지 달릴 수 있을지, 달리기를 하며 어떤 한계에 부딪치고 어떤 환희를 느끼고 무엇을 배우고 쌓아갈지 나도 궁금하다. 풀코스 마라톤까지는 무리고 하프 마라톤까지는 도전할 수 있을 것 같기도 하지만 앞날은 모르는 일. 처음 이 동네에 와서 동네 마실용, 장보기용 자전거를 살 때는 내가 헬멧을 쓰고 팔당을 달리게 될 줄 몰랐듯이.

데이비드 앱스타인의 《스포츠 유전자》를 읽다가 알게 되었는데, 장거리 주자가 대체로 몸집이 자그마한 이유는 몸 부피에 비해 피부 표면적이 넓어 열이 더 잘 배출되기 때문이라고 한다.

그렇다면 몸집이 작은 난 중년 마라톤 꿈나무일지도 몰라. 앞으로 마라톤 대회 메달을 수십 개나 모으게 될지도 몰라.

어쩌면 마라토너는 되지 못하더라도 꾸준히 맑은 가을 아침의 햇살을 받기 위해, 여름밤의 치맥을 위해 동네 어귀를 달리게 될지도 모른다. 그 또한 내가 원하고 기대하는 모습이다.

3

○

불행하지만은 않은 마음

NO. 01

서울대공원의 왕

own it

8시 30분까지 등교해야 하는 아이는 8시 10분이면 가방을 메고 총총 나갔다. 나는 아이가 나가자마자 얼마 남지 않은 시간을 계산하며 핸드폰과 헤드폰을 들고 서둘러 나온 다음 자전거에 올랐다. 아직 9시가 되지 않았으니 두 바퀴는 돌 수 있다. 우리 아이보다 늦게 등교하는 학생들을 지나쳐 공원 방향으로 빠르게 달렸다.

오전 9시 전까지만 그리고 오후 8시 이후에만 드넓은 호숫가를 품고 있는 넓은 공원에 자전거와 인라인스케이트 출입이 가능하다. 내가 힘차게 페달을 돌리고 있을 때 자전거를 타고 있는 사람은 오직 나 한 명일 경우가 대부분이다. 노년의 산책자만 한두 명 있을 뿐, 사실 거의 나 혼자 그 공원을 누리고 있다고 해도 과언이 아니었다.

앞으로는 산맥이 펼쳐지고 왼쪽으로는 파란 하늘 속에 리프트가 떠 있고, 오른쪽에는 잔잔한 호숫가 옆 전나무가 빽빽한 오르막길을 약간은 숨차하면서 달리다가 마침내 동물원 리프트까지 다다르면 그때부터는 페달을 전혀 돌리지 않아도 되는 코스가 나온다.

놀이공원과 동물원과 미술관이 모두 모여 있어 어린이날이나 벚꽃 시즌이나 가을 단풍 시즌이면 감히 주차할 생각도 못할 정도로 붐비는 인기 많은 공원을, 나 혼자 자전거를 타고 질주한다.

그리고 내가 죽은 후 나를 회고하는 영상을 만든다면, 아니 그런 것 따위 있을 리가 없으니까 영화 〈아메리칸 뷰티〉에서처럼 죽기 전 내 눈앞에 내 인생에서 가장 순도 높은 행복을 느낀 장면이 스쳐간다면 바로 자전거를 타고 이 공원을 달리는 장면일 거라고 생각하며 우리에게 그리 자주 찾아오지 않는 완벽한 충일감에 푹 빠져든다.

마침 헤드폰에서는 킨Keane의 〈Everybody's Changing〉이라든가 보이즈 라이크 걸스Boys Like Girls의 〈Great Escape〉가 흐르는 가운데 마지막 코스인 내리막길을 바람을 가르면서 나아갈 때면 거의 환희의 절정에 다다라서 때로는 양손을 놓는 만용까지 부린다. 차마 손까지 번쩍 쳐들지는 못했지만 〈타이타닉〉 잭의 '킹 오브 더 월드' 상태가 된다. 내가 주인이다. 여긴 나의 튈르리 정원이다. 베르사유라고 하기엔 그렇지만, 어쨌든 나는 여왕이다. 왕이다. 나의 과장은 끝을 모르고 확장된다.

'own'은 '소유하다'의 뜻이지만 번역을 하다 보면 다양한 상황에서 이 단어의 긍정적인 의미와 만난다. 단순히 소유하다가 아닌 '장악하다', '내 것으로 만들다', '자기가 갖고 있는 것에 자부심을 갖다'로 쓰이는 경우가 많다.

누군가 무대에서 훌륭한 강연이나 멋진 공연을 펼치고 왔을 때 "You own it." 혹은 "You own the stage.", "You own the room."이라고 한다면 "너는 그곳을 소유했어.", "네 것으로 만들었어.", 즉 "너 끝내주게 잘했어."의 뜻일 것이다. 자의식이나 수줍음을 벗어버리고, 내 본연의 모습과 나를 둘러싼 환경이 완전한 합일에 이르는 순간, 완전한 몰입의 상태가 바로 'own it'이다.

나는 그 공원을 소유했고 장악했고 내 것으로 만들었고 하나가 되었고 부지런히 아침부터 자전거를 타고 나와 아무도 없는 드넓은 공원을 내달리는 내가 자랑스러웠고 아무튼 "I own it!"을 100번쯤 말했어도 맥락에 맞았을 것이다.

집값은 사정없이 떨어지고 있었다.

인터넷에서 본 부동산 업자에게 연락해 새로운 동네에서 딱 두 번째 집을 흥정도 없이, 무슨 원피스 하나 사듯이 "이걸로 할게요."라고 한 바보 천치, 어린 시절 동네에서 본 적 없던 호젓하고 단정한 인도와 노란 은행잎이 창문 바로 앞에서 살랑거리는 거실 전망에 반해 갖고 있던 여윳돈을 계약금으로 몽땅 넣어버린 멍청이는 그래, 당해도 싸다. 그보다 더 멍청한 건 이전 집을 먼저 매매하지도 않고 새집을 매입했고 그사이 집이 팔리지 않아 계약금을 날릴 위기에 처했으며 며칠간 흰머리가 기하급수적으로 늘었다는 것이다.

우여곡절 끝에 무릎까지 푹푹 빠질 만큼 눈 쌓인 겨울에 겨우겨우 이사했고, 집값은 그다음 날부터 수직 하강했다. 부동산 용어로 하자면 부동산 하락기에 '악재'가 있는 지역을 '최고점'에서 매매한 것이다.

처음부터 이 낡고 좁은 집을 못마땅해한 남편은 포털 사이트에서 우리 집의 처참한 가격을 보았는지 처음이자 마지막으로

"지금 이 집이 얼만지 알아?" 하고 화를 냈다. 나는 죄인처럼 한마디도 하지 못하고 고개를 숙였다. 매일 아침 도살장에 끌려가는 소처럼 무거운 발을 이끌고 회사로 나가 대출금과 이자를 갚고 있는 것은 그 사람이었으니.

내가 할 수 있는 일은 낡은 집을 쓸고 닦고 액자를 걸고 화분을 들여놓는 것 그리고 이 집과 동네의 잠재력을 최대한 끌어내는 것뿐이었다. 이 동네의 가장 큰 장점은 크고 작은 공원과 오솔길이었다. 이사 온 지 1년 만에 나는 이곳에 7년 산 사람보다 더 동네를 샅샅이 알게 되었다. 전부 다 알고 있었다. 봄이면 언제, 어느 골목의 벚꽃이 가장 탐스러운지, 가을이면 단풍이 바닥을 완전히 덮는 길은 어느 골목인지, 어느 길은 황금빛이고 어느 길은 붉은 빛인지, 어떤 카페의 커피가 맛있고 이번 가을 축제에는 어떤 가수가 오는지 다 알고 있었다.

모든 공원과 낯선 골목길을 자전거로 쏘다니면서 첫 인사를 했고 두 번, 세 번 만나며 특별한 관계와 추억을 만들었다. 나만 아는 고목 아래 아늑한 벤치가 생겼고, 나만 아는 도서관 명당이 있었고, 나만 아는 일요일 아침 축구장 풍경이 있었다.

이 집을 처음 보고 단박에 사랑에 빠졌을 때처럼 은행잎이

노란 조명같이 거실을 물들이던 날에는 일주일 동안 집 밖으로 나가지 않은 채 사진을 찍고 또 찍었으며 창가에 앉아 바라보고 또 바라보았다.

이 집과 동네를 내 것으로 만들면, 그래서 내가 잠시라도 행복하기만 하다면, 집값 같은 천박한 계산법은 마음에서 밀어낼 수 있다는 듯이. 떨어진 집값 같은 건 나의 부지런한 발과 내가 느끼는 행복의 크기로 다 상쇄해버리고 말겠다는 듯이.

내 선택이 최악은 아니며 나를 나답게 만드는 동네로 잘 이사 왔다고 스스로 확인하기 위해, 나는 그렇게 매일 아침마다 자전거를 타고 공원으로 가서 남들이 누리지 않은 풍경을 내 것으로 만들었던가. 다 괜찮아질 거야. 집도 우리 가정도 앞으로 좋아질 거야.

실제로 그렇게 되긴 했다. 그러나 당시에도 그런 생각을 했던가? 그런 생각을 할 틈도 없었다.

나는 동물원까지 한 번도 쉬지 않고 페달을 돌리고, 노래를 크게 따라 부르고, 반짝이는 호수를 눈에 꾹꾹 눌러 담고, 내가 죽을 때 눈앞에 스쳐갈 완벽한 나만의 순간을 만드느라, 나의 무대를 'owning' 하느라 바빴기 때문에.

own it

: 장악하다, 내 것으로 만들다

내가 죽을 때 눈앞에 스쳐갈 완벽한 나만의 순간.

NO. 02

불행한 사람의 가짜 행복

fake it until you make it

얼마 전 주말, 예술영화 전문극장 아트 나인으로 영화를 보러 갔다. 영화 시작까지 시간이 남아 지금 상영 중인 영화와 앞으로 개봉할 영화의 포스터들을 하나씩 바라보고 있자니 몇 년 전 어느 날 오늘처럼 영화 포스터들을 보면서 이런 생각을 했던 순간이 떠올랐다.

'세상엔 이렇게 좋은 영화들이 많아. 신선한 소재에 아름다운 화면의 영화들이 줄줄이 개봉을 앞두고 있네? 전부 다 볼 거야. 훌륭한 감독과 배우가 멋진 영화들을 만들어주고 우리 집 근처에 근사한 예술영화 극장이 있다니 고마울 뿐이야. 그래. 아직 살 만해. 아직 이 세상에 살 이유가 있어. 이 영화들이 두 시간 동안은 날 행복하게 해줄 테니까.'

왜 굳이 극장에 서서 이렇게까지 영화에 의미를 부여했을까.

왜 그랬을까.

그때도 어렴풋이 알고 있었지만 지금은 그 이유가 뚜렷하게 보였다.

난 그때 불행했기 때문이었다. 아주 많이. 심각하게.

하루의 대부분을 불행한 기분에 잠식당하며 살면서 더 무너지지만 않게 버티려 할 때는 어떻게든 기분을 끌어올려줄 도구가 필요하다. 죽고 싶은 마음이 들지 않는 이유를 한 가지라도 더 만들어내기 위해, 불행한 사람의 무의식은 불행하지 않은 사람들은 무감하게 지나칠 일상의 한 장면과 자연에서 최대치의 의미를 끌어낸다. 이미 불행 쪽으로 많이 기울어진 저울이건만, 어떻게든 작고 사소한 일에도 행복감을 극대화하려고 기를 쓰면서 저울이 완전히 쓰러져버리지만은 않게 하려 한다.

그러니까 그 시절에 나는 이러했다.

자전거를 타고 양재천을 달릴 때면,

“어머 꽃향기야. 꽃향기가 나잖아. 꽃향기라고 아니? 이 계절에 꽃향기가 진한 거 알았어? 황홀해. 황홀하지? 어떻게 계절은 이렇게 아름다울 수가 있지? 봄이 항상 오고 벚꽃 속에서 자전거를 타고 달릴 수 있다면 몇 년은 더 살아도 되겠다.”

음악을 들을 때면,

"음악이란 게 있었잖아. 음악이 날 얼마나 행복감으로 감싸는지 잊었니? 새로운 음악을 안 찾아 듣고 뭐 하니."

도서관이나 서점에 가득한 책을 보면서는 말할 것도 없고, 여름이면 얼음이 가득한 아이스 라테 한 잔을 앞에 두고 '이 달콤 시원한 걸 마실 수 있으니 오늘 하루는 살아야지' 하기도 했으며 목욕탕에 가서 뜨거운 물에 몸을 담그고서는 그게 뭐 그렇게 대단하다고 '그래 이 끝내주는 기분이 있다는 걸 잊어선 안 되지' 하기도 했다. 감각적이건 지각적이건 한순간이라도 현실을 잊고 순간에 집중하게 한다면 두 배, 세 배로 감격하자고 결심한 것만 같았다.

그리고…

아이의 작은 손을 만지작거리면서 "다른 건 필요 없어. 이 아이와 이렇게 마주 보고 웃을 수만 있다면 다 괜찮아."라고 수백 번쯤 생각했다.

내가 스스로 만들어낸 진창이 얼마나 깊은지 잊으려고 일부러 작은 일에도 더 크게 웃고 때로 억지스러울 정도로 과장된 행복의 '포즈'를 취했다.

번역을 하다 보면 다양한 책에서 'Fake it 'til you make it'이라는 유명한 문구가 나온다. 주로 자기계발서에서 "그럴 때까지 그런 척하라."라고 주장한다. "자신감 있는 척하면 사람들도 그렇게 생각한다. 그러다 보면 정말 자신감이 생긴다.", "긍정적인 척하면 정말 긍정적인 사람이 된다.", "성공한 사람의 행동을 모방하라." 등등. 그러나 나는 fake라는 단어를 생각할 때 나만의 'fake happiness'를 떠올린다. 행복하지 않지만 행복한 척을 할 수 있다고. 행복에 목마른 사람들은 작은 행복의 기미만 보여도 오아시스를 만난 것처럼 한꺼번에 게걸스럽게 삼키게 되는 것이고 나도 그랬을 뿐이라고.

나는 불행 속에서 고귀한 영혼이 탄생한다거나 고통스러운 시기를 겪은 후에 더 깊은 성품의 인간이 된다는 생각에는 회의적이다. 내 경우 속은 좁아지고 성격은 비뚤어지고 질투는 심해지고 자존감은 한없이 낮아졌으며, 한 번도 깨진 적 없어 매끄럽고 너그러웠던 내가 오래도록 그리웠다. 그래서 트라우마가 없거나 표시가 나지 않는 사람, 현명하고 조화롭고 무던하고 열등감 없는 사람을 가까이하고 싶다고도 생각했다. 서머싯 몸은 《불멸의 작가, 위대한 상상력》에서 "고통을 겪으면 더 좋아지는 사람, 회복이 불가능한 길고 고통스러운 질병을 앓으면서도 용기와 무사심과 인내와 달관의 미덕을 보여주는 사람"은 극히 드물고, 있다면 애초부터 훌륭한 사람이었기 때문에 그럴 수 있었다고 말하는데 나도 여기에 동의한다.

하지만 불행 속에서 어떻게든 한 발이라도 빠져나오기 위해 무엇이든 시도해보려는 사람들과 그들의 간절한 몸부림, 안타까운 노력에는 무한한 연민을 느낀다.

그래서 나는 2주에 한 번씩, 어쩌면 치매인 시어머니를 모시는 일 때문에 스트레스를 받는 것처럼 보이는 주부와 낯빛 어두운 노인들 사이에 앉아 대기하다가 그리 친절하지 않은 의사에게 내 이야기를 대강 하고 2주치 약을 소중히 가방에 넣고 나오던 나를 사랑한다.

너무도 괴로워서 가만히 있을 수 없었던 날 땡볕에 낡은 자전거를 타고 한강까지 다녀와 며칠 동안 탈수증상에 시달리던 나를 사랑한다.

카페에서 일을 하고 나와 운전하면서 아바Abba의 〈Dancing Queen〉을 크게 따라 부르며 오늘 하루는 이걸로 충분하다고 되뇌었던 나를 사랑한다.

지금은 극장 앞에서 포스터를 보면서 꼭 보고 싶은 영화만 무심히 고르게 되었지만, 내 인생의 어두운 시기를 지우고 싶어하지 않고 그 시절의 내가 왜 그럴 수밖에 없었는지 가만히 생각해보는, 덜 불행한 지금의 나도 약간은 좋아한다.

fake it until you make it

: 그럴 때까지 그런 척하다

내가 만든 진창이 얼마나 깊은지 잊으려고

때로 억지스러울 정도로 과장된 행복의 포즈를 취했다.

NO. 03

약한 사람으로 머무를 것

vulnerable

남녀공학 고등학교를 다녔다. 동아리 활동도 했고 그 안에서 좋아하는 남학생이 생겼고 그 친구에게 믹스 테이프를 선물해 내 마음을 전했고 그 친구도 나에게 고백을 했다. 그리하여 고등학교 2학년 크리스마스이브, 종로인지 영등포인지에서 영화까지 보기에 이르렀다. 어떤 옷을 입을지 몇 날 며칠 고민하고 나갔지만 영화는 재미없었고 단둘이 만나니 어색했고 헤어질 때는 더 어색했는데, 그 친구가 집 앞까지 데려다준다고 했을 때 내가 극구 사양하면서 길목에 서서 어정쩡하게 헤어졌기 때문이었다. 집이 어디야? 이 근처야. 그냥 여기서 헤어지자.

부모님에게 들키는 것이 두려워서는 아니었는데 왜 그랬을까.

중학교 때까지는 정원이 딸린 2층 양옥집에 살았다. 고만고만한 동네였지만 그래도 안정된 중산층 느낌을 물씬 풍기는 2층, 3층짜리 빨간 벽돌집이 늘어서 있던 조용한 골목길 코너의 예쁜 집이었다. 그 집에 살 때 남자 친구를 만났다면 얼마든지 그 집 앞 가로등 밑에서 엽서 그림 같은 안녕을 할 수 있었을 텐데. 고등학교 때 도로 바로 옆 상가 건물 2층으로 이사를 갔고, 1층에는 국밥집이 있고 벽돌이 떨어져가던 그 건물에 산다는 사실을 친구들에게 죽어도 들키기가 싫었다. 지금 와서 생각하면 도무지 이해할 수 없지만 어리고 유치했던 나에게는 지키고 싶은 이미지라는 게 있었고 그런 집 2층에 사는 건 나의 이미지에 맞지 않았다. 또 당시엔 아빠 사업도 흔들리고 부모님의 싸움도 잦아서 그 집 외관이 복잡하고 시끄러운 우리 집 속사정을 반영하고 있는 것만 같았다.

그 남자 친구와는 서서히 멀어지다가 결국 헤어지고 말았는데(내가 차였는데) 졸업 후에 왜 그랬느냐고 물어보니 내가 뭔가를 숨기고 있는 것 같고 솔직하지 않아 같이 있으면 불편하고 알고 싶은 마음도 점점 사라지더라고 했다.

대학교에 가서는 아름답고 부유한 아이들이 가득한 캠퍼스에서 이상과 현실의 간극이 커져만 갔고 그만큼 내 모습 감추기도 계속되었다. 돌이켜보면 그 시절 내가 전반적으로 인기가 없었던 이유는 외모 때문이 아니라 늘 남의 시선을 의식하면서 실제보다 더 괜찮은 사람으로 보이려 한 행동이 부자연스러움으로 이어진 탓인 것 같다. 항상 높은 구두를 신고 거울을 자주 보고 의도한 표정을 지었다.

그때 우리 과에는 지역, 성별, 나이를 가리지 않고 모두에게 인기 많고 사랑받는 친구가 있었다. 물론 미인이었고 영어를 잘하고 옷도 단정하게 잘 입는 등 퀸카의 모든 조건을 갖추고 있었지만 그럼에도 그 친구만의 특별함이 있다면 수업에 가던 도중이라도 붙잡고 요즘 고민이 있다고 말하면 "그래 나도 이렇게 힘들어." 하며 자기 이야기를 허물없이 털어놓을 것 같은 분위기였다.

그 친구는 졸업해서도 잘생기고 능력 있는 남자와 결혼해 아이돌 같은 훈훈한 아들을 키우며 훌륭한 커리어를 이어가며 살고 있었다. 나는 만인의 친구인 그 친구를 속으로만 좋아하고 있다가 털어놓을 곳 없는 고민들이 쌓이던 어느 날 그 친구에게 만날 수 있냐고 연락을 해보았다.

몇 년 만에 연락했는데도 친구는 선뜻 집으로 나를 초대했다. 나는 아이를 데리고 가서 부엌에서 친구가 깎아주는 과일을 먹었다.

그리고 잠깐 집을 둘러보던 중 현관 옆 옷방을 보게 되었다. 친구는 전문직이라 그런지 정장과 재킷이 참 많았고 가방도 많았다. 그 옷과 가방들은 정리되지 않은 채로 뒤죽박죽 빼곡히 걸려 있었다. 굳이 감추지 않고 그대로 열어놓은 엉클어진 옷방을 흘긋 보는 순간 나는 그만 마음을 탁 놓아버렸다.

나랑 다르지 않아서. 완벽하지 않아서. 지금 여기서 내 마음을 더 열어도 될 것 같아서. 나의 엉망진창인 머릿속을 보여줘도 될 것 같아서. 내 본모습을 다 보여주어도 실망하지 않을 것 같아서.

vulnerable, 사전상 의미는 '취약한, 나약한, 여린, 상처받기 쉬운'이고, 라틴어로 상처란 뜻의 'vulnus'가 어원이라고 한다. '불안한, 자신 없는' 같은 부정적 의미도 있고 '솔직한, 감정을 드러내는'의 뜻도 있다.

내 생각이지만 취약함이란 단어는 미국 심리학자 브레네 브라운의 '취약함의 힘'The Power of Vulnerability이라는 테드 강연이 인기를 끌면서 재평가된 것 같다.

브레네 브라운은 우리는 인간이기에 모두 연약하고 비루하며 상처받는다고 말한다. 애인에게 버림받고, 의사의 전화를 기다리고, 정리해고를 당하는 취약한vulnerable 세계에 살고 있다. 실패에서 오는 괴로움과 우울함을 마비시키려 하면 다른 긍정적 감정인 기쁨까지도 마비된다. 따라서 나의 취약함과 약점을 노출하고, 보답이 없을지 모를 때도 온 마음으로 사랑하는 사람이 인생에서 가장 소중한 것을 얻을 수 있다는 것이다.

그 친구에게는 자신의 약함vulnerability을 부끄러워하지 않고 내보이는 솔직함과 용기가 있었고, 어쩌면 그래서 모두가 그 친구를 사랑했는지도 모른다.

《애거서 크리스티 자서전》을 보면 크리스티가 어린 시절에 본 엄마를 회상하며 이렇게 말한다.

> 안경이 코에서 미끄러진 채 잠이 든 엄마의 모습이 얼마나 우스워 보였는지, 그 순간 엄마에게 얼마나 깊은 사랑을 느꼈는지 생생히 기억난다. 이는 참 묘하다. 상대방이 우스워 보일 때만이 내가 그를 얼마나 사랑하는지를 깨달을 수 있다! 잘생겨서 재미있어서 매력적이어서 누군가를 좋아한다면 거품이 바로 터

져버린다.

'나를 감추고 가려야 할 이유가 뭐가 있지?' 하고 생각하는 순간이 점점 많아진다. 신뢰할 수 있고 나를 좋아해주었으면 하는 친구에게 가끔은 작정하고 내 허물을 드러냈고 그들은 나를 전혀 판단하려 하지 않고 이전보다 더 사랑했다. 그 이후로 우리가 나누는 대화의 질도 달라졌다.

고등학교 때 그 남자 친구에게 집에 데려다 달라고 했다면, 그 친구가 허름한 우리 집을 봤다면, 그 집을 아무렇지 않게 보여주는 나를 봤다면 그 순간 나를 더 좋아했을 거라고, 집에 가는 동안 나를 더 많이 생각했을 거라고 믿고 있다.

이제는 내가 언제 사랑에 빠지는지, 내가 사랑받을 수 있는 방법이 무엇인지 안다. 내 사람 앞에서 아무렇지 않게 약한 면을 내보이는 것. 어차피 그 사람도 나처럼 약하고 부족한 사람일 테니까. 브레네 브라운의 말처럼 '취약함'이 우리를 아름답게 하니까.

vulnerable

: 취약한, 자신 없는, 감정을 드러내는

아무렇지 않게 약한 모습을 내보이는 것,

그것이 사랑받을 수 있는 방법이다.

NO. 04

나에게로 가는 지름길

embrace yourself

7년 이상을 열성적인 트위터 유저로 살아오고 있지만, 트위터 닉네임이 별명이라기보다는 자다가도 들으면 벌떡 일어날 영혼의 이름이 되어버렸지만, RT나 하트가 작동하는 방식은 아직도 미스터리의 영역으로 남아 있다. 몇 번을 썼다 지웠다 하며 트윗 신춘문예라도 준비하는 것처럼 공들여 쓴 트윗의 반응이 시원찮기도 하고, 즉흥적으로 10초 만에 휘갈겨 쓴 트윗의 RT가 갑자기 폭발해서 뮤트를 하지 않을 수 없는 상황이 되기도 한다. 말 바꾸는 정치가들은 정치가 생물이라고 하는데 "RT야말로 생물이다!"라고 외치고 싶기도 하다.

평범한 월요일 아침이었고 나는 따뜻하고 안전한 집에 있었지만 최신식 무기로 완벽하게 무장하고 쳐들어온 적의 공격을 받고 있었다. 그 적은 바로 '생각'이란 녀석이었다. 생각들도 주말에 푹 쉬고 나왔는지 기세가 등등했다. 설거지를 하러 가면 내 신세가 왜 이렇게 처량해졌는지 원인을 파헤치라고 명령했고, TV를 틀어 어떤 사람을 보면 그 이름과 비슷한 과거 악연의 이름을 떠올리게 했으며 안방으로 가면 몇 년 전 누군가에게 들었던 굴욕적인 말들이 생생하게 재생되었다. 생각들은 마치 햄릿에게 결투를 청하는 레어티스처럼 작정하고 집요하게 들러붙었다.

도망갈 곳이 없나 하면서 집 안을 서성이다가 허물어지기 직전 두 줄도 안 되는 트윗을 썼다. 내용은 간단했다.

생각이 너무 많아서 미쳐버릴 것 같은 때 있나? 나는 종종 그렇다.

"오늘 춥고 배고픈데 순댓국이나 먹으러 갈까." 하는 트윗처럼, 그냥 지금 내 상태를 올렸을 뿐이었다. 그런데 이 트윗이 하나둘씩 RT가 되고 하트가 찍혔다. 아주 많이는 아니었지만 그래도 이런 트윗에 공감하는 사람들이 있다는 것 자체만으로 예상치 못한 트윗 생태계의 신비가 아닐 수 없었다.

탈출을 하는 심정으로 밖으로 나와 도서관으로 걸어갔지만, 도서관까지의 고즈넉한 산책로도 나를 레어티스에게서 떨어뜨려놓지 못했다. 도서관으로 들어가 어떻게든 나를 진정시켜줄 문장이 담긴 책을 찾고 있을 때 '트친'의 멘션이 하나둘 도착하기 시작했다. 이전에 한 번 만났던 트친이었다.

"빌레트님은 낙관적이고 명랑해 보이지만 불안하고 예민하신 면이 있어 보여요. 저도 심리 상담을 받으면서 제가 원래 불안함을 타고났다는 걸 알게 되었고… 상담 선생님이 취미 생활을 권하셨어요." 그리고 조금은 쉽지 않았을 사적인 이야기도 더 했는데, 그것은 내 짧은 트윗의 행간에 담긴 의미를 아는 사람만이, 내가 어떤 상태인지 알고 지금 반드시 위로가 필요하다는 것을 아는 사람만이 해줄 수 있는 말이었다.

자기 역시 그렇다는 다른 이의 멘션도 있었고 하트도 몇 개 더 찍혔다.

책을 찾다 말고 멘션을 천천히 읽으며 나는 또 하나의 생각, 하지만 이번에는 나를 쓰러뜨리려 찾아온 것이 아닌 순한 미풍 같은 생각에 사로잡혔다.

'그래, 난 항상 이랬어. 몇 년 전의 일 때문에, 나에게 오지 않았어야 할 인연 때문에, 나의 무능력과 실패 때문이 아니야. 좌절과 시련이란 말의 진짜 의미를 알 리가 없었던 대학교 때도 가끔 버스를 타고 가면서 그날 하루 동안 있었던 일을 모두 되새김질하며 나를 자책했었어. 생각이 많아 힘들었던 때가, 머리가 터져버릴 것 같았던 때가 오늘 하루만은 아니잖아. 내가 현재 불행해서가 아니라 나는 처음부터 이렇게 생긴 사람인 거야.'

가방에 책을 세 권 정도 넣고 나의 다정한 친구들이 상주하는 핸드폰을 만지작거리면서 차가운 공기를 가르며 다시 버스 정류장까지 걸어가는 길, 머리가 아니라 가슴에서 이 단어 하나가 서서히 떠올랐다.

embrace myself

'embrace'란 단어는 '끌어안다, 포옹하다'의 뜻이지만 그 뜻을 넘어 '포용하다, 인정하다'의 뜻으로도 쓰인다. 내가 번역한 모든 자기계발서와 자서전과 에세이와 소설의 말미에 어김없이 찾아오는 단골손님 같은 표현으로, 나는 이 단어를 '나를 있는 그대로 인정하다'라고 번역하지 않고 '나 자신을 끌어안다'라고 직역했다.

영어로 풀면 이렇게 될 수 있다.

> to let go of harsh self-recrimination and happily accept your own identity and uniqueness. 혹독한 자아비판을 내려놓고, 자신의 정체성과 개별성을 기꺼이 받아들이기.

하지만 '나를 끌어안다'라는 단순한 한국어 문장 하나면 이 모든 심오한 의미가 정확히 전달된다고 생각한다.

나는 그날 오전 생각과 사투를 벌이던 집에서와는 달리 한결 평온해진 표정으로 버스를 기다리면서 새롭게 남은 하루를 맞이했다. (손은 주머니에 넣고 있었으므로) 물리적으로 내가 날 끌어안지는 않았지만 마음으로는 100번 정도 그렇게 하고 있었다.

물론 저녁쯤 되어 나 스스로 똑같은 결론에 도달할 수도 있었다. 책을 읽거나 영화를 보거나 혼자 사색하다가 혹은 즐거운 일이 생겨서 또다시 나와 화해했을 수도 있다. 늘 해오던 일이었고 앞으로도 새털 같은 나날 동안 수천 번을 반복하게 될 일이다. 결론도 늘 변함없다. 다른 특별하고 참신한 해결책이 나올 리도 없다. 세상 모든 복잡하고 고민 많은 인간들의 자아 탐구와 정체성 찾기는 자기 인정이라는 식상한 결론까지 도달하는 여정일 뿐이다.

그날 아침 나는 트윗을 올리고 트친의 멘션을 받으며 'embrace'로 가는 지름길을 찾았고, 오늘분의 결투에서는 어쩌면 시시할 정도로 빠르고 수월하게 이겨버렸지만 때로는 그 식상한 결론까지 가는 과정이 답답할 정도로 느리게 진행될 수도 있다. 수십 번의 상담을 받아야 할 수도 있고 수십 권의 책을 읽고 수천 시간의 산책을 해야 할 수도 있다.

그래도 같은 길을 자주 걸으면 처음에는 멀게만 느껴졌던 길이 짧게 느껴지지 않던가. 등산을 자주 하다 보면 두 시간 걸렸던 길을 한 시간만에 도착하기도 한다. 지름길을 발견하기도 하고 발걸음도 빨라진다.

그러니 나를 끌어안기를 반복하다 보면 어느새 크게 애쓰지 않고도 나의 모든 면을 포용하고 있는 자신을 발견하게 될지도 모른다. 어느 날은 우울하고 무기력한 나를 안아주고, 어느 날은 미워했던 나의 몸을 예뻐하고, 어느 날은 생각이 많은 나를 받아들이는 것이다.

embrace yourself

: 나 자신을 끌어안다

나를 끌어안기를 반복하다 보면 어느새

나의 모든 면을 포용하는 나를 발견하게 될지도.

NO. 05

‘즐거운 기분’ 수집가

hilarious

교환학생이라는 훌륭한 제도가 있는 대학교에 다녔지만 학점도 모자라고 가까운 친구들이 어학연수를 가는 바람에 나도 대학교 2학년을 마친 후 휴학하고 부모님에게 금전적인 부담이 가는 어학연수를 갔다. (일평생 가장 후회하는 일 3위 안에 든다.) 처음에는 기숙사에 있다가 영어가 늘지 않아 친하던 일본 친구의 홈스테이에 들어가게 되었고, 그 집 큰딸과 방을 같이 썼다. 근처 커뮤니티 칼리지를 다니던 아이였는데 항상 집에만 있는, 요즘 말로 집순이였다. 인생에 불만만 가득한 얼굴로 하루 종일 과자를 먹으며 TV를 보다가 온갖 연예인 품평을 하거나 시답잖은 농담을 던지고, 엄마에게 말대꾸하다가 일주일 동안 뒷마당 트레일러로 쫓겨나기도 했던, 귀엽고 웃기기도 하지만 골칫거리인 큰딸.

평일이나 주말이나 약속 같은 건 없이 부모님이나 동생 남자 친구에게 시비나 걸던 그 아이에게 어느 날 학교 친구인지 동네 친구인지 모를 남자아이가 차를 몰고 놀러 오는 일대 사건이 벌어졌다. 나를 포함한 그 집 식구들은 모두 창문에 붙어서 그 장면을 구경했는데 항상 식구들에게 투덜거리고 삐딱하게 냉소하던 그 아이가 운전대 앞에 있던 그 남자애 앞에서는 말대꾸도 제대로 못하고 수줍어하는 모습에 우리는 웃음을 꾹 참아야만 했다.

당시 fun재미있다과 funny웃기다의 차이만 숙지하고 회화에 적용하던 내가 그 아이 엄마에게 "참 funny하네요."라고 했더니 어머니가 내게 말했다.

"지양, 저런 건 funny한 게 아니라 hilarious하다고 하는 거야."

그 후로 hilarious라는 단어를 끊임없이 마주했고 다양한 단어들로 번역하기도 했지만 이 단어만 보면 그때 그 상황과 그 아이 생각이 나서 미소 짓는다.

영어 사전을 찾으면 'very funny' 혹은 'extreamly funny'라고 하고 우리말로 번역하면 '빵 터졌다, 웃다 뒤로 넘어갔다, 웃으며 데굴데굴 굴렀다, 현실 웃음 터졌다' 혹은 'ㅋ'이 100개 정도

붙은 댓글이 되려나.

그런데 나는 funny보다 한 단계 높은 hilarious가 되려면 위의 상황처럼 예상치 못한 반전이 있어야 한다고 생각한다.

사우나에서 한 어머니가 말한다.

"어렸을 때 시골에서 자라면서 엄마에게 무지 많이 맞았어. 둘째 딸을 왜 그렇게 때렸나 몰라."

주변 사람들 모두 안쓰러워하며 말한다.

"어머나, 어린애가 뭘 잘못했다고 때린데. 불쌍해라."

"내가 돈을 훔쳤거든, 두 번이나."

나는 이런 순간들을 그냥 지나치지 않고 기억한다. 메모한다. 그리고 앞뒤를 살짝 생략하거나 약간 과장하거나 타이밍을 짜맞춰 한 편의 콩트로 만든다. 언제 어디서나 황당하고 별나고 엉뚱한 말과 상황이 나오길 기다린다. 눈을 뜨고 귀를 열고 사람들 표정을 관찰하면서 그때 내 마음의 움직임을 살핀다. 그리고 평범하고 사소한 순간도 가능한 유머러스하게 포장하는 연습을 한다.

어렸을 때부터 재치가 있거나 유머 감각이 뛰어나지 않았고 순발력이 좋지도 않았으며 그렇다는 이야기를 들은 적도 없다. 내성적이고 잘 토라졌고 우울한 표정으로 방 안으로 들어가버리거나 혼자 떠돌던 아웃사이더에 가까웠다. 10대, 20대의 나는 어색한 사람, 'awkward'한 사람에 가까웠다. 그렇지만 유머러스한 글이 좋았고 코미디 영화나 시트콤을 사랑했으며 혼자 길을 걸으며 웃긴 대사를 만들다가 키득키득 웃기까지 해서 사람들이 쳐다본 적도 한두 번이 아니었다.

방송 작가가 되어 〈황정민의 FM 대행진〉에서 독자들의 유머 사연을 다듬는 일을 하면서는 어떤 부분을 생략하고 어떤 부분을 과장해야 하는지 배웠다. EBS 〈왕초보영어〉에서는 영어를 소재로 콩트를 쓰면서 내가 못 쓰진 않는다는 걸 알았다.

번역가가 된 후에는 글에 대한 갈증을 주로 내 블로그나 SNS에 풀었는데, 내가 올린 짧은 글에 웃어주는 사람들이 생겨나면서 누군가를 웃기는 일의 중독적인 매력에 더욱 빠져들었다.

PMS 때문에 몸이 가라앉던 날, 기를 쓰고 도서관에 나갔지만 번역을 한 문단 하고 나니 다시 집에 가고 싶었다. 창문을 보며 한숨 한 번 푹 쉬고는 주부 번역가의 고뇌가 담긴 랩을 써보았다.

요리도 청소도 하기 싫어 무기력
오늘 할 일을 내일로 미루자 무기한

이런 나를 바꾸는 건 무리수

오늘도 애써보지만 인생은 무의미

그러고는 번역은 못했지만 랩이라도 써서 친구들을 웃겼으니 다행이라고 생각하면서 자전거 페달을 힘껏 돌리며 집으로 왔다.

이렇게 매일 저녁을 해야 하는 줄 알았으면 절대 결혼 같은 건 안 했다고 구시렁거리다가 겨우겨우 저녁을 차리던 날, 식탁에서 가족의 대화를 듣다가 웃었고, 블로그에 남겼고, 나중에 읽으면서 또 웃었다.

딸: 엄마, 이번에 엑소에서 ***가 탈퇴한대.

남편: (끼어들기 위해) 어떤 아이돌이야? 왜 탈퇴했대?

딸: 왜? 아빠도 우리 가족에서 탈퇴하려고?

나는 이중인격자인 걸까. 남에게 더 즐겁게 사는 척 보이고 싶었던 걸까.

아니, 나는 찾아내고 있었다. 내 인생을 가능한 밝게 색칠할 수 있는 색깔들을. 내 마음을 가볍게 만들어 순간 붕 뜨게 해줄 재료들을. 그 장면에 흐를 신나는 BGM을.

그리고 그렇게 유쾌한 순간들을 수집하고 기록하면서 나도 내 글의 캐릭터를 조금씩 닮아가고 있었다. 망친 요리를 웃음으로 승화하는 주부, 아이와 랩 배틀을 벌이는 엄마, 스탠디업 코미디언이 꿈인 번역가.

hilarious에는 '웃기다'라는 뜻도 있지만 'merry, cheerful' 즉, 즐거운 기분이라는 뜻도 있다. 그래서 나 같은 'hilarious moment' 수집가는 하루에 한 번이라도 더 웃기 위해, 남을 웃기고 또 내가 웃기 위해, 기왕이면 밝고 빛나는 하루를 위해 오늘도 소재를 찾아 헤맨다. 뭐 웃긴 일 없나?

hilarious

: 웃긴, 기분이 즐거운

하루에 한 번이라도 더 웃기 위해,

기왕이면 밝고 빛나는 하루를 위해 찾아 헤맨다.

뭐 웃긴 일 없나?

NO. 06

꿈을 살다

living the dream

'living the dream'이란 표현을 좋아한다. 전 세계를 누비는 록 스타나 오스카상을 받는 영화배우, 작은 아이디어를 큰 사업으로 성공시킨 사람에게 인터뷰어가 묻는다.

"당신은 'living the dream' 하고 있군요?"

본인이 간절히 원하던 삶, 완벽하고 그림 같은 인생을 사는 사람에게 쓰는 표현이다.

무난하게 번역하면 '꿈꾸던 삶을 살다', '꿈같은 삶을 살다', '꿈이 현실로 이루어졌다' 등으로 평범해지지만 '꿈을 살다'라고 직역하면 어법에는 맞지 않아도 더 직관적이고 시적인 느낌을 주기도 한다.

밤마다 인터넷 부동산 사이트를 샅샅이 뒤지던 때가 있었다. 내가 모아놓은 보증금과 내 수입으로 월세 지불이 가능한(다시 말해 저렴한) 사당·이수 근처의 작업실을 찾기 위해서였다. 괜찮아 보이면 사진을 확대해서 뚫어지게 바라보다가 다음 날 아침 바로 전화를 걸어보았는데 열이면 열 이미 나갔다고 했다. 예산이 맞다 싶으면 지하철역에서 멀었고 관리비가 비쌌고 들어가고 싶지 않을 만큼 건물이 낡았다.

하루 종일 작업실이란 단어가 머리에서 떠나질 않았다. 그동안 번역 회사나 다른 사람이 운영하는 작업실을 옮겨 다녔지만 이제는 나만의 작업실을 가질 나이가 되었고 동료를 들이고 부지런히 번역한다면 월세 정도는 감당할 수 있을 듯했다. 내 책상을 놓고, 내 번역서가 가지런히 놓인 책꽂이를 놓고, 마음이 맞는 동료와 점심을 먹고 수다를 떨다가 번역을 하고, 친구들과 간단하게 파티를 할 수도 있을 것이다. 이 기분 좋은 상상에 한번 빠지고 나니 거의 집착 수준이 되어서 작업실을 얻지 못하면 3년 동안 일이 끊기는 저주에 걸릴 것만 같았다. 하루 종일 부동산에 전화를 하고 부동산 사장님들을 만나고 내가 원하는 지역 근처의 부동산에 무작정 들어가보기도 했다.

부동산 사람들과는 보통 지하철역에서 만나 그들의 차를 타고 어딘가로 이동했다. 부동산 사장님이나 직원들은 골목길 운전의 고수였다. 나는 그들의 운전 실력에 매번 감탄했지만 그들이 보여주는 사무실에는 항상 실망하고 말았다. 초록색 페인트 범벅인 옥상을 보여주면서, "어때요? 글 쓴다고 했죠? 영감이 술술 나오지 않겠어요?" 하던 사장님도 있었다.

한번은 내가 가장 원하던 동네 근처 부동산 사장님이 나에게 딱 맞는 곳이 있다며 씩씩하게 걸어가기에 기대를 잔뜩 품고 "오늘이다. 오늘이야." 하며 따라가보았다. 에어컨 실외기가 30개쯤 돌아가던 옥탑 사무실이었고 나는 감히 그런 공간을 세주고 월세를 받을 생각을 하고 있는 욕심쟁이 건물주에게 화가 났다. 게다가 그 옥탑 사무실 안에는 벽 한가운데 가로 3미터, 세로 1미터 크기로 뻥 뚫린 미스터리어스한 공간이 있었는데 일하다 고개를 돌리면 천장에 거꾸로 매달린 귀신이 나를 보고 있을 것만 같았다. 그 공간에서 여름을 나다가는 실외기 열기에 기절하거나 벽감에서 나온 귀신 때문에 졸도할 것이었다.

드디어 마음에 드는 작고 깨끗한 자리가 나서 계약이 성사

직전까지 갔을 때는 주인이 “글쟁이야?” 하면서 탐탁치 않아 했다고 한다. 글쟁이가 뭐 어때서. 해치지 않는데.

이 동네에는 절대로 내가 원하는 작업실이 없을 거라고, 작업실 없는 내 인생은 망한 인생이라고 울다가 마지막이라 생각하고 전화를 걸어본 여자 부동산 사장님을 통해 역에서도 가깝고 내 예산에도 맞고 예상했던 것보다 넓은 작업실을 구했다. 비가 억수같이 쏟아지던 날 계약을 했고 버스에 올라서도 심장이 두근두근 콩닥콩닥 뛰었다.

물론 작업실 바로 앞에서 영업하는 야채 트럭 할아버지의 “가지가 싸요, 배추가 싸요.” 때문에 혈압이 여러 번 올랐고, 외부 화장실이 불편하고, 겨울에는 등유 난로를 켜야 하는 등 크고 작은 단점이 있었지만 전반적으로 괜찮은 작업실이었다. 이곳에서 오랜 친구로 남고 싶은 동료도 만났고, 수많은 번역서를 내고 글을 쓰고 내 책의 꿈까지 이루었으니 소중한 첫 작업실이었다고도 할 수 있다. 물론 ‘꿈을 살다’라는 표현을 가져다 쓰기에는 맞지 않고 부끄럽기도 하지만 적어도 작업실에 대해서만큼은 아주 작은 꿈을 이룬 것 같기도 하다.

그런데 이상하게도 나는 작업실에서 있었던 2년 반이나 되는 날들보다 이 작업실을 어떻게 얻게 되었는지를 자꾸 되돌아본다. 그 어설프고 우습고 안타까운 날들을 아직까지 상세하게 기억하고 있으며 자꾸 거기에 대해 쓰고 싶다.

그때 얼마나 많은 사무실을 클릭했는지, 몇 군데의 부동산을 헤맸는지, 얼마나 괴상한 공간들을 보여주었는지, 이 사무실의 유리 시트지는 얼마나 촌스러웠는지, 장마철에 이케아 가구가 배송되길 기다리며 바닥을 물걸레로 밀면서 어떤 생각을 했는지.

living the dream. 예쁜 표현이지만 한번 말하고 나면 별다른 이야기가 이어지지는 않는 것 같다. 꿈을 이뤘어요. 행복해요. 잘 살고 있어요. 그러면 끝이지 않나.

우리는 꿈을 사는 날보다는 꿈을 만들던 날들에 대해 늘 할 말이 많지 않은가. 어떤 고생을 했고 어떻게 실패했고 왜 눈물을 흘렸는지 자꾸 말하고 싶어한다. 그 시절을 이상하게도 잊지 못한다.

그룹 퀸의 다큐멘터리를 보니 유럽과 미국에서 콘서트를 하며 최고의 인기와 영광을 누리던 시절에 대해선 "우리는 그때 정말 록스타처럼 살았죠."라고 짧게 말하고 지나가더니, 뮌헨의 녹음실이 얼마나 울적했고 그 녹음실에서 멤버들이 어떻게 싸웠는지는 한참을 이야기했다.

언젠가 내가 정말 'living the dream' 하는 날이 있더라도, 꿈 같은 삶 속에 들어가 꿈의 냄새를 맡고 꿈의 감촉을 느끼더라도 그 감동은 생각보다 짧지 않을까?

작업실을 얻고 지내보며 그런 생각을 한다. 그 꿈을 이루기까지 내가 겪어야만 했던 그 무수한 애환과 실망과 작은 승리들을 언제까지나 마음속에 품고 있다가 종종 회상하게 되지는 않을까 하고.

living the dream

: 꿈꾸던 삶을 살다

우리는 꿈을 사는 날보다

꿈을 만들던 날들에 대해 늘 할 말이 많다.

NO. 07

앞으로도 가능한 행복하게

happily ever after

이메일에는 서명을 작성해놓을 수 있다. 보통 이름과 회사와 전화번호와 주소가 붙어 있는데 자기를 나타내는 문장을 써넣을 수도 있다. 내가 20대부터 사용해 온 메일에도 언제 적어놓았는지 모를 문구가 하나 달려 있었다.

happily ever after

어느 날 그 문구가 아직까지 내 메일 서명이라는 것을 발견하고 스스로 민망해 황급히 지워버렸다. '그 후로도 행복하게'라니 무슨 할리퀸 로맨스나 읽고 맥 라이언 주연의 90년대 영화나 보는 소녀 감성적 문구인가. 줄리아 포드햄이 부른 동명 노래의 가사조차 "영원히 행복할 줄 알았던 우리가 그렇지 못해 내 눈엔 눈물이 흐르네요."인데. 얼마나 인생이 만만하면 메일에 그런 문구를 감히 붙여놓았나.

사실 중학교 때는 엄청난 분량의 로맨스 소설을 읽었다. 중간고사나 기말고사가 끝나면 동네 만화 가게에서 할리퀸 로맨스를 서너권 씩 빌려 쌓아놓고 귤이나 과자를 먹으며 읽었다.

20대에는 로맨스 소설보다는 로맨틱 코미디 마니아가 되었다. 맥 라이언과 산드라 블록과 제니퍼 애니스톤과 캐서린 헤이글으로 이어지는, 로맨틱 코미디 여자 주인공 계보를 꿰게 되었다. 그리고 모든 로맨스 소설과 로맨스 영화의 결말이자 어감도 예쁘고 리드미컬한 '해필리 에버 애프터'를 흡족하게 받아들였다.

미국 로맨스 소설 작가들은 happily ever after를 아예 축약해서 'HEA'라고 부른다. "사우디 족장과 영국 교사는 그 후로도 행복하게 살았습니다.", "네브래스카 목장주와 뉴욕 패션 디자이너는 그 후로도 행복하게 살았습니다."

그러나 로맨스 소설 작가들도 '영원히 행복하게'란 약속이 아무래도 현실과 너무나 유리되고 천편일률적이라 생각했는지 언젠가부터 대안을 찾기 시작했다. 바로 현재만 행복하게,

'happy for now', 줄여서 'HFN'이다. 열린 결말이라고도 할 수 있는데, 〈내 이름은 김삼순〉의 마지막 장면과 내레이션처럼 "우리는 헤어질 수도 있다. 하지만 미리 두려워하지는 않겠다. 열심히 케이크를 굽고 열심히 사랑하는 것. 오늘이 마지막인 것처럼." 정도로 너무 뜨겁지도, 너무 차갑지도 않게 끝내는 것이다.

'지금 이 순간 행복하게'가 등장하면서 미국 로맨스계는 HEA와 HFN을 놓고 뜨거운 논쟁을 벌이기도 했다. HEA 지지자는 HFN 결말이 세련되고 현실적이라 해도 로맨스 소설이라는 장르 특성상 반지가 등장하고 내레이션으로 마무리되어야 한다고 말한다. 위로받고 싶은 로맨스 독자들에게 책에서라도 꿈같은 사랑을 허락해야 하는 것 아닌가. HFN이 되는 순간 로맨스가 아니라고 하는 이들도 있었다. 반면 HFN의 가치를 주장하는 이들은 남녀 주인공의 케미스트리와 작품의 완성도가 중요하며 후속편도 기대할 수 있게 한다고 한다.

처음 이메일을 만들 때의 나는 어떤 사람이었을까.

대학을 졸업하고 방송 작가를 시작한 지 얼마 안 되었을 때였을 것이다. 연애를 몇 번 하다 지금의 남편을 만났을지도 모르고 26평 아파트 전셋집에서 신혼의 단꿈에 빠져 있다 예쁜 아이도 낳았을 것이다. 그 기간 중 happlily, ever, after 이 세 단어는 피디와 작가와 편집자와 친구에게 보내는 내 메일에 내내 붙어 있었을 것이다. 초반에서 중반으로 흘러가고 있던 내 인생이란 책에 큰 굴곡이나 시련이 몰려올 기미는 보이지 않았다.

그 후 스토리가 내 예상과는 정반대로 전개된 전쟁 같은 30대를 지나면서 나는 인생이 고행이라는 말의 진정한 의미를 이해하게 되었고 행복에 대한 환상은 조금씩, 아니 뭉텅이씩 깎여 나갔다.

나의 독서 습관과 영화 취향도 서서히 바뀌어갔다. 어둡고 잔인한 스릴러 소설과 드라마에 빠졌고 논픽션을 즐겨 읽게 되었으며 인생무상을 말하는 문장에 밑줄을 죽죽 그었다.

더글라스 케네디의 소설 《빅 퀘스천》을 읽으면서도 비관적인 인생관이 등장하면 그 페이지를 접어두었다.

비극을 갈무리하고 지나갈 길을 찾아낼 수는 있다. 하지만 인생사의 비극적인 문제들을 완벽하게 극복할 수 있는 해답은 없다.

교외 중산층의 자기분열과 몰락을 섬세하게 그리는 존 치버의 단편은 늘 나의 곁에 있었다. 섬뜩하리만치 냉혹한 캐릭터를 만들어내는 퍼트리샤 하이스미스의 작품에 빠지기도 했다. 하이스미스의 소설은 첫 장을 넘기면서부터 불길한 예감이 드는데 그 불길함은 끝내 예상보다 더 잔혹한 결말로 이어지기도 한다. 답답할 정도로 참고만 있던 인간이 결정적인 순간 아무렇지 않게 극단적인 살인을 저지르거나 선한 사람이 아무 이유 없이 비극적인 운명을 맞는다.

화창한 5월의 토요일, 물기를 머금은 연둣빛 나뭇잎들이 따사로운 햇살과 바람 속에서 춤을 추던 날, 자전거를 타고 도서관으로 향하면서 나는 소설의 첫머리를 쓰기 시작한다.

그동안의 모든 고난을 극복한 여자가 완벽한 5월의 어느 날 자전거를 타고 간다. 여자는 자신의 모든 문제가 순조롭게 해결되었으며 자기 앞에는 평온한 나날만 펼쳐져 있을 거라 자신한다. 그 순간 여자의 자전거는 작은 돌부리에 걸려 넘어지고, 여자는 그 자리에서 즉사한다.

이만하면 인생의 예측 불가능함과 부조리와 비극성을 이해하고 있는 사람 아닌가.

하지만 여자를 즉사시키고 나서 어떻게 이야기를 풀어나갈지가 도무지 생각나지 않았다. 다섯 줄만에 이야기가 끝나버린 것이다. 그래서 무시무시한 상상은 바로 거두었는데 일단 날씨가 너무나 아름다웠다. 도서관을 천천히 돌면서는 책을 빌린다는 생각만으로도 기뻐지기 시작했다. 무엇보다 이제까지 거의 10년 동안, 동네에서 자전거를 타다가 넘어진 적은 있지만 기껏해야 손이나 무릎이 까지는 정도지 않았나. 그래도 조심하는 건 나쁘지 않을 테니 오르막길과 경사가 급한 내리막길에서는 자전거에서 내려 걸어갔다. 그러면서 내가 어쩌다가 happily ever after를 메일에 써넣던 인간에서 퍼트리샤 하이스미스적 인간이 되고 말았는지 생각했다.

도서관에 다녀와서는 샤워를 하고 저녁을 맛있게 차리기 위해 마트에 갔다. 아이와 더 많이 웃었다. 일을 하면 잡념이 사라지고 순간에 집중할 수 있기에 일을 열심히 했고, 남편과 등산을 하면 더 행복해지기에 등산을 했고, 좋아하는 음악이 나오면 따라 불렀다. 믿을 수 없는 행복에 의지하지 말고 순간에 집중하자고, 우리에게는 오직 순간밖에 없으니 이 순간을 최대한 부풀려야 한다고 되뇌었다.

그런 순간들이 모여 오후가 되고 하루가 되고 한 달이 되고 1년이 되기도 했다.

현재의 나는 '지금 최대한 행복하게'를 모토로 삼으면서 '앞으로도 가능한 행복하게'를 기대해보는 것이 로맨스 소설을 읽는 감상적인 소녀의 태도는 아니라고 생각한다.

사실 '행복'이라는 단어 자체를 예전보다 덜 쓰게 되긴 했다. happily ever after라는 문구는 앞으로도 남사스러워서 내 메일이나 책상에 써놓을 일이 없을 것이다. 글을 쓸 때나 내 감정을 들여다볼 때도 행복이란 단어보다는 기대, 만족, 환희, 쾌감 등의 대체 단어를 찾고, 동네방네 자랑하고픈 일이 생겼을 때도 이럴 때일수록 자중해야 한다며 나를 진정시킨다. 언제든지 밀물이 썰물로 변할 수 있다는 것을 이제는 아는 나이기 때문이다.

다만 한 가지 분명한 건, 나의 이야기는 아직 쓰고 있는 중이고 내 인생은 아직 진행 중이라는 것. 중반은 거뜬히 넘었지만 엔딩까지는 아직 한참이 남았다는 것. 천재지변이 생긴다거나 사고를 당하거나 중병에 걸리지 않는다는 가정하에, 아니 그렇더라도 그 뒤에 내 이야기가 어떻게 전개될지는 대체로 내 손끝에 달려 있다는 것이다.

지금 현재 내 책상 위에는 이 문장이 붙어 있다.

내 영혼이 가장 사랑스러운 존재가 될 때까지는 지상을 떠나지 않을 것이다.

-이사도라 던컨

happily ever after

: 그 후로도 행복하게

나의 이야기는 아직 쓰고 있는 중이며

엔딩까지는 아직 한참 남았으니까.

4

○

여자로 살아가는 마음

NO. 01

백마 탄 왕자를 꿈꾸지 않는다

knight in shining armor

드라마를 잘 보지 않는 편인데도 어쩌다가 채널을 1분 정도 고정한 드라마에서 또 그 장면이 나왔다. 선하고 정의로운 여자 주인공에게 험악한 인간이 시비를 걸고 곧 몸싸움으로까지 번진다. "왜 이러세요. 이러지 마세요.", "아니 네가 뭔데 나한테…" 여자 주인공이 멱살을 잡히고 땅에 내동댕이쳐지기 전 일촉즉발의 상황, 갑자기 그 뒤에서 평소에 까칠했던 재벌 2세나 실장님이 나타나 주먹질 한두 번으로 간단하게 빌런을 제압한다.

미국 드라마에도 나온다. 술에 취한 불쾌한 인상의 남자가 혼자 있던 여자의 사무실에 침입해 문을 잠그더니 여자에게 "니가 뭔데 우리 가정 문제에 개입해?"라고 협박하면서 여자의 목을 조르고 여자의 괴로운 얼굴이 클로즈업되는 그때! 문을 쾅쾅 부수고 나타나는 이는 이 여자와 딱 두 번 만난 훤칠한 미남. (워낙 내 취향의 얼굴이었기에 나도 반갑긴 했다.)

드라마나 영화에서 남자가 위기에 처한 여자를 구해주는 장면을 총 몇 번이나 보았을까. 왜 두 사람을 가깝게 만드는 계기로 항상 폭력이 개입될까. 왜 힘이 센 남자가 연약한 여자를 구해주는 서사여야 하는가. 중세 시대도 아닌데 여자 주인공이 남자 주인공을 보며 이렇게 중얼거리기라도 해야 만족할 것인가. "그 순간 그는 나의 '갑옷을 입은 기사'였다."

의외로 오래 살아남아 비유로도 자주 쓰이는 표현이 바로 'knight in shining armor'이다. 그대로 번역하면 '빛나는 갑옷을 입은 기사'지만 더 딱 떨어지는 우리말 표현으로 옮기면 '백마 탄 기사' 정도 되겠다. 그리고 이 백마 탄 기사에게 구원을 받는 여성을 지칭하는 고전적인 숙어도 있는데 'damsel in distress'다. '도움이 필요한 여자, 시련을 겪는 여자'란 뜻이다. 구름이 잔뜩 낀 황야에 찢어져서 한쪽 어깨가 드러난 드레스를 입고 누운 건지 앉은 건지 알 수 없는 자세로 누군가를 기다리는 애처로운 여인. 이 여인의 구원자는 누구인가. 저 머나먼 성에 살고 있는 왕자님이 창을 들고 말을 타고….

이쯤 되면 우리 여성들은 한숨을 쉰다. 과연 살면서 갑옷을 입은 기사든 백마 탄 왕자든 남자들이 우리를 시련에서 구원해 준 적이 몇 번이었나. 있기는 했나. 로맨스와 왕자님에 대한 환상은 오래전에 깨졌지만 '뎀젤 인 디스트레스'가 되어 바닥에 널브러져 있던 순간은 셀 수 없이 많았고 그때 누가 나의 손을 잡아 일으켰나를 떠올린다.

10개월 된 아이를 보느라 지쳐 있을 때 반찬과 국과 밥을 갖고 우리 집에 오신 시어머니.

내가 지독한 우울증을 겪을 때 직장에 다니면서도 전화가 두 번 울리면 바로 받아 나의 눈물과 하소연을 들었던 소중한 동생.

지하철이나 버스에서 임신한 나에게 자리를 양보해주던 이름 모를 학생, 아가씨, 아주머니.

넘어져 있던 나에게 구원의 손길을 내민 이들은 엄마, 시어머니, 언니, 동생, 친구들, 때로는 옆집 엄마 등 내 주변 여자들이었다. 이들에게 "빛나는 갑옷을 하사하노라."라고 말하고 싶지만 당시 내 눈에 이들의 등에는 흰 날개가 보였으니 이들에게 더 적합한 표현은 나의 수호천사guardian angel이리라.

완벽한 연인이나 이상형을 찾는 이가 있다고 해도 시대가 시대니만큼 우리는 알고 있다. 이제는 누구도 백마 탄 왕자를 꿈꾸진 않는다. 여자에게는 왕자가 필요가 없다. 아이를 목욕시키고 설거지를 해주고 굵은 근육질의 팔로 유모차를 번쩍번쩍 드는 남편이면 몰라도.

결혼 생활을 적지 않게 한 나에게 남편은 어떤 존재일까. 내가 전생에 이 남자를 죽인 원수의 딸이라서 이 남자에게 이생의 빚을 갚고 있는 것은 아닐까 생각하고 있다. (남편도 그렇게 생각하고 있을지 모른다.)

번역을 시작한 지 몇 해 되지 않았던 때, 번역가가 된 첫 순간부터 기대하고 기대했던 책을 만났다. 20대 때부터 간간이 야구를 보다가 아이를 임신하고서 본격적으로 빠져들었는데 마침 야구에 관한 책을 맡게 된 것이다. 초보 번역가에게 이런 책을 덜컥 맡겨준 출판사에 감사한 후 미국 스포츠 저널리스트의 필력에 감탄하며 베이브 루스와 재키 로빈슨을 검색했다.

그날 오전이나 한낮이었던 것으로 기억한다. 아이를 시어머니에게 보내자마자 서재의 커다란 책상 위에 놓인 새 노트북 위에서 내 손은 춤을 추듯 움직이고 있었다. 그때 작업하고 있던 노트북에서 '팡' 하는 소리가 나더니 전원이 순식간에 꺼져버렸다. 불길했지만 설마 하면서 떨리는 손으로 다시 노트북을

켰고, 이제까지 작업한 모든 원고가 그 팡 소리와 함께 날아가 버렸다는 사실을 알았다. 아니다. 다른 문서들은 모두 멀쩡했고 컴퓨터는 쌩쌩 잘 돌아갔지만 내가 번역하고 있던 그 원고, 그 원고만 아예 흔적도 없이 사라졌다. 책의 3분의 2 정도, 아니 그 이상이 몽땅 사라졌다. 앞부분 몇 장만 제외하고는 따로 백업도 해놓지 않았다. 아무리 해도 나타나지 않는 원고를 계속 클릭하면서 공포의 비명을 질렀다. 일어나서 방을 서성이고 컴퓨터를 껐다 켜고 눈물을 쏟다가 일단 남편에게 전화를 했다.

남편은 전화를 끊자마자 회사에 반차를 내고 집으로 달려왔다. 넥타이만 풀어둔 채 와이셔츠와 양복바지를 그대로 입고 화장실도 가지 않고 몇 시간 동안 내 컴퓨터 앞에 앉아서 자기가 아는 모든 방법을 시도해보았다. 나는 찢어진 드레스 대신 무릎이 나온 바지와 김치 국물이 튀었을 티셔츠를 입고 작은 소파에 쓰러져 운명을 저주하며 엉엉 울고 있었다. 내 잘못이야. 왜 이메일에 백업을 해두지 않았지. 왜. 왜. 이게 현실일까. 제발 꿈이라고 말해줘.

남편의 집념은 대단했다. 내가 '전문 복구 회사에 맡겨보겠다, 다른 방법을 찾을 것이다' 하고 말려도 남편은 몇 시간이나 꼼짝 않고 매달렸다.

결국 원고는 '구원'되지 못했다. 실낱같은 희망을 걸고 전문 복구 업체에 하드를 보냈지만 모든 방법을 다 동원해도 무리라는 직원의 말을 들은 후 바로 출판사에 자백했다. 며칠 동안 식음을 전폐하다가 가까스로 털고 일어나 10페이지 정도부터 모든 자료를 찾아가며 다시 번역했다.

결국 내 실수는 내가 감당해야 하고, 과오의 대가는 내가 치를 수밖에 없다. 죽어버린 원고를 다시 살려내기 위해 밤을 새워가며 단어를 찾고 야구 선수들의 이름을 검색한 건 나였다.

그럼에도 불구하고 그날 울고 발광하면서 보았던, 회사에서 달려와 컴퓨터 앞에 앉아 있던 잔뜩 구겨진 와이셔츠를 입은 남편의 등을 나는 오래도록 잊지 못했고 그것이 나를 향한 남편의 진심이라고 생각했다. 구겨진 와이셔츠 같은 건 드라마에 나올 일이 없겠지만 걱정이 가득한 얼굴로 나타나 컴퓨터에 앉던 순간만큼은 그가 지하철을 타고 회사에서 달려온 '빛나는 갑옷을 입은 기사'로 보였던 걸까.

그 사람 덕분에 소파 위에 엎어져 절망에 몸부림치던 여자에서 다시 커피를 들고 노트북 앞에 앉는 여자로 바뀌는 시간이 하루 정도는 빨라졌을지도 모르겠다.

♠후기: 조지 벡시의 《야구의 역사》는 손보미 소설가에게 특별한 책이라고 하는데 글을 어떻게 써야 할지 막막했을 때 저자의 야구를 향한 순수하고 뜨거운 애정을 보면서 무언가를 좋아한다는 것의 의미를 다시 깨달았다고 한다. 야구팬 독자들에게 꾸준히 회자되는 책이고 번역도 나쁘지는 않았다고 생각한다. 아마 오역도 적었을 것이다. 두 번 번역한 책이니까.

NO. 02

미안해하지 않아도 돼요

apologize

이기적인데 착한 사람은 삶이 골치 아프다. 게으른데 눈치 빠른 사람도 살기가 편치 않다. 청결의 기준은 높은데 청소를 싫어하는 사람이라고도 할 수 있을까. 전부 내 이야기다. 세 딸 중 둘째로, 태생적으로 눈치를 장착하긴 했는데 이기적이었다. 몸은 움직이기 싫은데 돌아가는 상황을 빤히 파악하고 있어서 내가 뭘 해야 하고 상대가 뭘 필요로 하는지 빠삭하게 알고는 있다. 그래서 내가 주로 하는 일이란 소파에 누워 야구를 보면서 냉장고 청소를 걱정하고, 주말이면 가고 싶은 모임이 있어도 가족들 눈치를 보느라 가지 못하고 신경질을 냈다가 다시 후회하는 짓들이다.

완벽주의자들도 항상 더 잘하지 못했다며 미안해한다. 나 또한 어림 반 푼어치도 없이 완벽주의 성향이 있다. 그런 완벽주의자들 중에서도 유독 미안한 마음을 품고 사는 사람이 있다면 아마도 워킹맘일 것이다.

그래서 이기적인데 착하고 게으른데 눈치 빠른 워킹맘인 나는 아침을 제대로 해주지 못해 아이에게도 미안하고 마감을 못 지켜 편집자에게 죄송하고 어학연수도 보내줬는데 가난한 번역가가 되어 용돈을 드리기는커녕 받으려고 하는 딸이라 엄마한테 미안하고 같은 레퍼토리의 신세 한탄으로 동생을 괴롭혀 미안하고 옷장 서랍장이며 싱크대 수납장을 엉망으로 관리하는 아내를 만난 남편에게도 미안하고 제철 과일을 냉장고에 채워놓지 못하는 주부라 미안했다. 그리고 결정적으로 나의 이상에 닿지 못하는 게으르고 변화가 없는 나 자신에게도 미안했다. 존재의 70퍼센트가 미안함으로 이루어진, 걸어 다니는 미안함 같았다.

다행히 고집과 자존심은 별로 없는지 미안하다는 말은 잘하는 편이라 아이에게도 남편에게도 "미안해, 더 잘할게."라고 말하고 편집자에게도 동생에게도 미안하다는 말은 수시로 했다. 건드리면 "미안하다."라는 말이 나오는 자동인형이 될 지경이었다.

그런데 '미안하다'는 말이 입에 붙은 사람이 나뿐만은 아닌가 보다. 대체로 많은 여성이 그렇다.

내가 번역한 《페미니스트 파이트 클럽》의 저자 제시카 베넷이 여성들의 사과에 대한 칼럼을 쓰기 위해 "혹시 예전에 지나치게 사과한 적이 있느냐"고 주변인들에게 물었을 때였다. 한 친구가 메시지를 보내왔다. "남자친구가 요리하다 태웠는데 내가 미안하다고 사과하고 있더라니까." 베넷은 다른 친구에게 "대체 왜 여자들은 왜 이렇게 '미안해'하지 못해서 안달일까?" 라고 메시지를 보냈다. "미안해. 바로 답장 못해서." 그 친구는 45분 만에 답장을 보내오면서 이 말부터 했다고 한다.

혹시 나도 필요 이상으로 미안해하고 있는 건 아니었을까.

어느 순간이었을까. 아니다. 순간은 아니었을 것이다. 하기 싫은 일을 이왕이면 투정 없이 해나가는 어른의 순간들이 제법 쌓였을 무렵, 많지도 적지도 않은 하루 분량의 일을 마치고 집에 와 아이에게 맛없지 않은 저녁을 차려 먹인 후 소파에 길게 누워 쉬고 있을 때 이런 생각이 들었다.

'어? 나 정도면 괜찮잖아? 적지만 꾸준하게 돈을 벌고 있다. 고액 연봉을 받은 적은 한 번도 없지만 (죄송한데 그게 뭐죠?) 참으로 길고 가늘게 야금야금 돈을 벌어왔다. 그리고 내 살림의 특징은 집이 깨끗하지는 않을지언정 차마 눈 뜨고 못 볼 수준까지 가지는 않는다는 것이다. 어떻게든 살림을 줄이려는 노력의 일환으로 물건을 사들이거나 바꾸지 않다 보니 소비가 줄었고 반강제적으로 알뜰한 주부가 되었다. 스포츠 경기를 보면서 가만히 있을 수 없으니 그 시간에 항상 빨래를 해 식구들에게 섬유유연제 향기가 나는 옷을 입힌다. 수건은 무려 2주에 한 번씩 팍팍 삶기까지 해서 호텔 수건처럼 하얗고 바삭거린다고! 또 내 이름을 걸고 번역하는 원고에만큼은 부끄럽지 않기 위해, 독자들이 두 번 읽게 하지 않기 위해, 새벽에도 벌떡벌떡 일어나 핸드폰 메모장에 더 적절한 단어를 적어놓기도 하는데!'

그 후로 그간 뭐가 억울한지 부당한지도 모른 채 직업인으로, 주부로, 여자로 의무를 다하기 위해 더 잘해보려고 노력하다가 지친 여성들, 그러면서도 한편에 늘 죄책감을 갖고 있던 많은 여성의 목소리가 들려왔다. 죄책감 가질 필요 없다, 우리는 충분히 잘하고 있다는 목소리였다.

그리고 이 단어와 이 단어가 쓰인 글이나 강연을 주시하게 되었다.

Apologize

번역하는 책에서, 테드 영상에서, 트윗에서, 여성들은 자기 주장이나 생각을 펼친 후에 자주 "I don't apologize it."이라고 말했다.

단순히 미안해하지 않는다는 뜻이 아니었다. 뻔뻔해도 된다, 눈치 보지 않는다, 누릴 자격이 있다 그리고 본질적으로 '내 존재를 긍정한다, 내 행동을 후회하지 않는다, 내가 나인 것을 미안해하지 않는다'는 뜻까지 확장된다.

그중에서도 나는 록산 게이의 이 트윗을 가장 좋아한다. 게이는 언제나 금발 머리를 높게 올리고 하이힐을 신고 몸에 딱 붙은 반짝이 드레스를 즐겨 입는 컨트리 가수 돌리 파튼에 대해 이렇게 이야기한다.

돌리 파튼은 커리어 내내 언제나 자기 자신이었다. 그녀는 언제나 최대한 예쁘게 보이고 싶어했고 그에 대해 절대 미안해하지 않았다.

페미니즘 책을 번역하면서, 당당하게 자기를 표현하는 여성들을 만나며 나도 미안하다는 말을 조금씩 덜어냈고, '나 정도면 못하고 있지 않아', '나 정도면 충분해, 아니 충분하고도 남지' 하고 중얼거렸다. "I don't apologize it."이라는 표현은 나를 지켜주는 부적이 되었다.

이를테면 아침에 가족들이 나간 후 청소와 빨래를 해놓고 빈둥거린 지 한 시간 정도 지나 죄책감이 스멀스멀 올라올 때 이 부적을 주섬주섬 꺼낸다. "I don't apologize it."

이때 미안하지 않음은 '난 쉴 자격이 있어'다.

1년에 한 번 있는 지역 축제에서 콘서트를 보느라 아이 저녁을 차려주지 못해 미안하다는 말이 나오려 할 때도 슬금슬금 꺼낸다. "I don't apologize it."

이때는 가끔 한 번씩 그래도 된다는 뜻이다.

마감이 몇 주 미뤄졌을 때도 내가 매일 작업실에 나와 작업을 했을 경우에는 구차한 변명과 사과 대신 당당하고 깔끔하게 '몇 월 며칠까지 드리겠다'고 말했다. (책이 어려운 것이 내 탓은 아니잖소.)

물론 사려 깊고 배려 잘하고 가능한 남에게 폐를 끼치지 않는 사람이 되고 싶으나, 그런 사람이 꼭 미안하다는 말을 자주 하는 사람과 같지는 않다는 생각이 굳어지고 있다. 미안하다는 말을 덜 하면서부터 나는 나를 긍정하는 사람에 가까워졌다. 그리고 자기를 긍정하는 사람이 미안해하는 사람보다 타인을 용서하고 칭찬하고 받아주는 사람에 더 가까워진다는 걸 이제는 안다.

NO. 03

다
가질 순 없지만
having it all

어쩌다 라디오 프로그램 게스트를 하게 되었다.

내 입지에는 아무래도 과한 청탁이 아닐 수 없었다. 팟캐스트도 아니고 생방송 라디오라니. 나만의 특별한 콘텐츠가 없고 대중 앞에서 말을 해본 경험도 없는 내가 감히 라디오 프로그램에 출연하게 된 이유는 딱 하나, 대학 동창이 라디오 프로듀서라서다. 즉, 내가 경력 관리를 잘해와서가 아니라 평소 친구 관리를 잘해온 덕분이라 할 수 있겠다.

첫날은 너무 떨려서 어떻게 한 시간이 지났는지도 기억이 나지 않았는데, 방송국 구경 삼아 같이 갔던 남편 말로는 처음치고는 나쁘지 않았으나 진행자의 말에 "네, 네."라고만 답하는 것이 어색했다고 한다.

두 번째 주에는 방송 주제도 흥미로웠고 나도 입이 풀렸는지 제법 자연스럽게 준비한 내용을 전했다. 청취자 사연도 매끄럽게 소개했고 진행자는 계속 웃었으며 스튜디오를 나오자마자 피디와 작가가 입을 모아 '이번 주 재밌었다'고 말했다. 이번에는 다른 식으로 가슴이 뛰고 얼굴이 상기되었다.

방송이 끝나고 나와보니 남편의 카톡이 와 있었다. "지난주보다 훨씬 잘했어."

두 번째 만에 장족의 발전을 거둔 후 떨리는 마음을 붙잡고 택시를 타고 집으로 향했다. 집에 도착하니 내 방송을 모니터해주고 명란 계란말이를 해놓고 기다린 남편과 "엄마 오늘 무슨 말 하고 왔어?"라고 묻는 사랑스러운 딸이 있었다.

그 순간만큼은 '다 가졌다'고 생각했다. 오프라 윈프리 쇼에 출연하고 온 숀다 라임스라도 된 것처럼. 예쁜 애 옆에 더 예쁜 애 옆에 노래 잘하는 애가 있는 걸그룹이라도 된 것처럼.

having it all. 수많은 논쟁을 불러일으켜온 문구로 일과 가정을 병행하며 '조화'를 이룬 여성의 삶, 그 조화를 위한 노력과 실패를 말할 때 자주 등판한다. 《코스모폴리탄》 편집장을 지냈던 헬렌 걸리 브라운이 1982년도에 쓴 책 제목 《세상은 나에게 모든 걸 가지라 한다》the late show: having it all에서 유래되었다고 하는데 점차 여성들에게 무거운 짐이자 클리셰가 되어버렸다.

하지만 최근에는 '수퍼우먼'은 없으며 (조화가 뭐예요? 불가능과 동의어?) 워킹맘을 위해서는 가족의 도움은 물론 사회 시스템이 마련되어야 한다는 목소리가 커지고 있다. 다 가질 수도 없고 그럴 필요도 없다는 것이다. 미국 국무부 정책기획국장이었던 앤 마리 슬로터는 〈애틀란틱〉에 "왜 여성은 다 가질 수 없는가"를 기고하면서 워킹맘의 현실을 들여다보고 나아갈 길을 제시하기도 했다.

나도 일과 가정 사이에서 어떻게든 두 개 다 놓치지 않으려고 아등바등 버텨온 것 같긴 한데 프리랜서 번역가 주부의 생활은 한마디로 "이도 저도 아니다."일 때가 많았다. 아이에게 엄마가 일하는 시간과 수입은 너무나 애매하기 때문에 우리 집은 맞벌이가 아니라 '마벌이'라고 말한 적도 있다. 아이가 초등학교 저학년일 때는 아이를 학교에 보내고 난 뒤 청소와 빨래를 대충 해놓고 11시가 다 되어 카페에 가도 아이가 오기 전인 3시까지만 일할 수 있었다. 워밍업 하는 시간까지 고려하면 하루에 두세 장밖에 번역을 못할 때도 많았다. 아이가 아프면 하루 일을 쉴 수도 있고 발표 수업도 얼마든지 참관할 수 있었지만 그만큼 마감은 늦춰졌고 수입은 줄고 나오는 책의 권수도 줄었다.

사실 두 가지 다 제대로 못하면서 서로를 핑계 삼은 날들도 많았다. 나는 일을 하는 아내니 아침은 챙겨주지 않아도 된다고 핑계를 대고, 마감을 또다시 미룰 때는 잘 가지도 않는 시댁 핑계나 걸리지 않는 감기 핑계를 댔다. "엄마 일해야 돼."를 습관적으로 말하면서 남는 시간에 아이 학원은 알아보지 않고 아이 성적이 오르지 않으면 속상해했다. 일을 적게 한 날은 오늘 일당은 벌었으니 괜찮다며 배달 음식을 시켜 먹고 일을 많이 한 날은 피곤하다는 이유로 외식을 했다.

게다가 나는 일과 가정 외에 '나'도 중요한 사람이라 'Me Time'도 가져야 해서 취미 생활도 적극적으로 하고 친구들을 정기적으로 만나 회포를 풀고 하루 종일 〈프로젝트 런웨이〉를 정주행하기도 했다.

되돌아보면 바짝 긴장해서 종종거리며 보낸 날들도 있었지만 대체로는 아주 무리는 하지 않아 번아웃까지는 되지 않을 수 있었던 것 같다. 또한 이도 저도 아닌 시간들, 핑계 대며 느슨하게 보낸 하루들이 어찌 보면 내 체력과 능력 한계 안에서는 조화로운 생활이 아니었을까 싶기도 하다. 그사이 내가 다 잘할 수 있다는 생각은 일찌감치 버렸기 때문에 여기까지라도 올 수 있었다고.

세 번째 방송에선 다시 원고를 더듬더듬 읽고 "네, 네." 대답만 하며 겨우 방송을 마쳤다. 그럼 그렇지. 집에 오니 나를 기다리는 건 싱크대에 가득 쌓인, 눌어붙은 냄비와 프라이팬이었고 냉장고는 텅텅 비어 과자를 씹으며 허기를 채워야 했고 남편은 자고 있었고 아이는 나를 본체만체하고 제 방으로 쏙 들어가버렸다. having it all은 내 주제에 무슨, 역시 그런 건 없었어. 뜨거운 물로 샤워를 하며 마음을 다스렸다.

하지만 워킹맘이건 아니건, 기혼이건 미혼이건 각자의 자리에서 잠시 잠깐 다 가졌다는 생각이 들었을 때 그 기분을 온전히 누리는 건 잘못이 아니라고 생각한다. 그 순간도 거저 오는 것은 아니기 때문에, 분명 자신이 내린 선택을 받아들이고 자신이 처한 조건에서 멈추지 않고 뚜벅뚜벅 걸어온 사람에게 제공되는 깜짝 선물이기 때문이다. 라디오 방송을 하게 된 건 오로지 친구 관리를 잘해온 덕분이라고 말했지만 한편으론 하루에 단 한 장이라도 번역하던 날들이 쌓이고 쌓여 번역가라는 이름만큼은 놓치지 않았기에 친구가 출연 제안을 할 수 있었고, 나도 겁을 잔뜩 먹었을지언정 마이크 앞에 앉을 수 있었다는 사실을 알고 있다. 그로 인해 그해 가을 단 한 번의 토요일 저녁만큼은 나도 입이 귀에 걸리도록 웃을 수 있었다고.

대체로 우리에게 주어지는 건 책임과 의무만 이어지는 하루, 아쉬움과 자책이 그림자처럼 따라오는 날들이다. 그러니 다음 주면 바로 깨질 착각이라 해도 가끔씩 실버라이닝처럼 찾아오는 '다 가진 순간'에는 어린애처럼 기뻐하자.

having it all

: 두 마리 토끼를 잡다, 다 가지다

바로 깨질 착각이라 해도

잠시 잠깐의 '다 가진 순간'에는 어린애처럼 기뻐하자.

NO. 04

저쪽 세계

commitment

재작년 가을 《싱글 레이디스》라는 만만치 않은 내용의, 원고지 1,500매가 넘는 책을 그야말로 사력을 다해 번역했다. 비록 큰 반응을 얻진 못했지만 《나쁜 페미니스트》 이후 번역한 페미니즘 관련 책 중에서 가장 애착을 가진 책으로, 방대한 자료와 작가의 논리에 감탄하다가 어떤 대목이나 문장에선 소름이 돋을 정도였고 교정을 하지 않는 동안에도 내가 좋아서 다시 읽어보기도 했다. 그런데 미국 싱글 여성의 역사를 돌아보고 싱글 여성들을 인터뷰해 싱글을 변호하고 찬양하는 이 책을 번역하면서 늦가을의 지독한 우울증이 찾아온 듯싶다.

그러니까 내가 가지 못한 길, 갔으면 어땠을까 생각해온 길에 대한 집요한 탐구를 번역이라는 집요한 작업을 통해 내 일부로 만드는 동안, 마음 한구석에 늘 도사리고 있던 갈등이 지나가다 밟은 은행처럼 툭 터져서 지독한 냄새를 풍기기 시작한 것이다.

단순히 내 결혼 생활에 만족을 못해서가 아니라, 한국 여성으로서 기혼이냐 비혼이냐에 따라 완전히 달라져버리는 삶을 비교해본 후 '비혼 쪽이 내 성격에 더 잘 어울리는 형태가 아니었을까' 하는 생각을 버릴 수가 없었다.

실제로 나는 싱글 파티에서 유일한 기혼 멤버였고, 싱글 친구들은 내가 가끔 아이 이야기를 할 때에나 내가 결혼했다는 사실을 떠올렸으며 결혼한 것 같지 않다고 이야기해주기도 했다.

나는 묻지 않으면 아이 이야기를 잘 하지 않았고, 남편 자랑이나 시댁 욕도 하지 않았고, 결혼이란 것에 객관적이고 냉소적인 태도를 유지하고, 싱글의 생활과 생각을 진정한 호기심을 갖고 들어주었다. 그들을 더 잘 이해하기 위해서 혹은 대리 만족하듯이 싱글 여성이 쓴 에세이라면 닥치는 대로 읽었다.

그들을 만나고서 한 시간 넘게 지하철을 타고 집으로 허겁지겁 뛰어 들어와 허물 벗듯 옷을 벗고 밥을 안치고 김치를 꺼내면서는 작게 한숨을 쉬었다. 지금쯤 그들은 어디로 자리를 옮겼을까. 해방촌 옥탑에 살고 있는 누군가의 집으로 가서 몰트

위스키와 블렌디드 위스키의 맛을 비교하고 있을까?

나는 저쪽 세계를 다른 기혼 여성보다는 잘 알고 있었다. 알고 있어서 괴로웠다.

내가 누리고 있는 경제적 안정보다 불안한 자유를, 으스러지게 안아도 부족한 사랑스러운 딸보다 내가 보지 못한 이국의 풍경과 사귀지 못한 친구와 쓰지 못하는 글을 자주 생각했다. 마음은 항상 이쪽과 저쪽의 삶을 저울질하느라 우왕좌왕했고 내 삶의 초라함을 확대하고 다른 삶의 풍성함을 이상화했다.

동네 곱창집에서는 말없는 남편과의 어색함을 이기려 맥주를 주문하면서 지성과 유머가 넘치는 여자 친구들과의 모임에 가고 싶었다. 금요일 밤에는 친구의 와인 바에서 각자 가져온 시를 읽고, 토요일엔 플리마켓에서 빈티지 원피스를 사고 일요일엔 하루 종일 고양이를 쓰다듬고 싶었다. 자아를 성장시키고 모험을 떠나고 싶었다. 처절하게 외롭고 싶었다. 히말라야로, 알래스카로, (왜인지는 모르겠으나) 노스다코타로 떠나, 외로운 호텔 방에서 조르주 심농의 소설을 읽다가 울고 싶었다.

그리고 책 속에서 열심히 나와 같은 감정을 느끼는 작가들을 찾았다.

《비행공포》에서 에리카 종은 말한다.

결혼생활 역시 외롭긴 마찬가지였다. 황폐하긴 마찬가지였다. 남편과 아이들을 위해 아침식사를 준비하는 행복한 아내들은 연인과 달아나 프랑스의 어느 길가에 텐트를 치고 잠들고 싶을 것이다… 그들은 항상 일탈을 꿈꿀 것이다. 항상 분을 삭일 것이다. 그렇게 그들의 삶은 환상에 절여진다. 그렇다면 탈출구는 없을까? 외로움은 피할 수 없는 것일까? 불안감도 삶의 한 요소일까? 잘못된 해결책을 찾아 헤매는 것보다 그저 받아들이는 편이 나을까?

《수전 손택의 말》에서는 이 부분에만 밑줄을 그었다.

하지만 여러 갈래의 삶을 살고 싶다는 생각은 확실히 했는데 그렇게 여러 삶을 살면서 남편을 두는 건 아주 어려워요. 적어도 제 결혼은 그랬죠. 하루 24시간 내내 어떤 사람과 함께 살면서 오랜 세월 절대 헤어지지 않으면서 동시에 성장하고 변화하고 마음 내키면 훌쩍 홍콩으로 날아가는 그런 자유를 누릴 수는 없는 법이에요. 그건 무책임한 거잖아요. 그래서 어느 시점이 되

면 삶과 기획 둘 중 하나를 선택해야 한다고 말하는 거예요.

'commit'라는 단어가 있다. 번역가들 사이에서 번역하기 까다로운 단어로 꼽힌다.

우리말에는 어쩌면 이와 일치하는 개념의 단어가 없다고도 할 수 있다. 당신이 믿고 있는 것에 시간과 에너지를 투자하는 것. 관계나 일에서 자신의 전심을 다하겠다는 결심이고 행동이다. 청혼할 때 자주 등장하고, 어떤 대의나 신념 앞에서, 관계나 일이나 아무 데서나 튀어나온다. 이 단어가 나올 때마다 원수 같은 단어라 외치며 맥락에 따라 다르게 번역할 수밖에 없었다. 헌신하다, 약속하다, 나를 바치다, 희생하다 등등. 영어로 말하면 바로 감이 오지만 한글로는 어떤 단어를 써도 미진하다. 아마 영어를 자주 쓰는 업계의 회의 시간에는 이미 "이 프로젝트에 더 commit해야지."라고 말하고 있을지도 모르겠다.

나의 내적 갈등과 그로 인한 불만족도 어쩌면 10년 동안 사귄 여성에게 청혼하지 못하는 남자처럼 아직도 내 삶에 commit하지 못하는 데서 온 것 아닐까.

유사 작가로 늘 관찰자 시점에서 거리를 두고 사람들과 나를 관찰하다 보면 내가 가진 것을 보지 못할 때가 많다. '거리를 둔다'는 말은 일견 그럴싸해 보이지만 사실은 응원 팀을 두지 않고 스포츠 경기를 보는 것처럼 흐지부지하게 시간만 보내는 일이다. 나는 혹시 지금 양 팀의 장단점을 객관적으로 분석하면서도 경기에 집중하지 못하는 상태 아닐까.

그래서 이참에 응원 팀을 정하기로 했다. 현재는 이 결혼 생활, 기혼녀의 위치, 경기도에 사는 주부로서의 일상이 내가 가진 전부이자 유일한 선택지라고. 내 마음과 몸을 완전히 여기에 두자고. 여기에도 장점이 무한하다는 걸 잊지 말자고. 곁눈질하지 말고, 부러워하지 말고 이 안에서 최대의 행복을 끌어내보자고. 아이와 밤에 하는 공원 산책과 토요일 저녁 남편이 구운 삼겹살과 저렴한 마트 와인과 같이 보는 〈프렌즈〉에 집중하자고.

이런 선택은 비굴한 변명이나 패배자의 정신 승리가 아니라 성숙한 태도라고 믿고 싶다. 내가 결국 가부장제에 종속되어 나의 가치와 개성을 잃어버리고 우리 남편, 우리 아이, 우리 가정만 부르짖는 주부가 된 것은 아니라고 말하고 싶다.

다만 집으로 돌아와서는 내 아이의 표정과 성장과 아이에게 영어를 가르치는 시간에 집중하자는 것뿐이다.

데버라 리비의 《알고 싶지 않은 것들》에 인용된 시몬 드 보부아르의 글이 있다.

> 내가 모성 본능과 사랑의 가치를 인정하려 들지 않았다는 비판도 있었다. 아니다. 난 단지 여자들에게 진실하게 그리고 자유로이 이를 겪어달라고 요청했을 뿐이다. 종종 그렇듯 구실 삼아 그 안으로 도피했다가 막상 그 감정이 고갈된 뒤에야 피난처로 여기던 곳에 자신이 갇히고 말았음을 깨닫는 대신에 말이다.

나는 내가 고갈되었다고 느꼈었고 인형의 집에 갇혔다고도, 날개가 접혔다고도 생각했었지만 그 단계를 또 한 번 넘어섰다.

타협compromise일까. 하지만 난 '헌신'commitment이었다고 믿는다. 아니, 헌신 말고 더 적당한 단어가 없을까.

번역하기에는 지금도 골치 아픈 단어, 어지간히 속 썩여온 단어를 나의 삶에 직접적으로 적용해보며 이 단어가 얼마나 어마어마한 영향을 미쳤는지 깨닫는다. 역시 존재감 있는 녀석이다.

NO. 05

회색 인간의
엉뚱한 상상

quirky

외모를 특이하고 개성 있게 꾸미는 사람은 성격이나 사고도 독특한 사람이라는 믿음을 굳게 갖고 있다. 머리 색깔을 일주일마다 한 번씩 바꿔 인문대에서 모르는 사람이 없었던 국문과 학생이 실제로도 내가 캠퍼스에서 만난 그 누구와도 닮지 않은 신비롭고 이상한 매력이 있는 친구라는 것을 알았을 때부터 키워온 생각이다.

타투를 하고, 머리를 금발로 물들이고, 얼굴에 피어싱을 하는 것? 생각보다 쉽지 않다. 패션은 자기표현이라는 말이 식상하게 들릴지 몰라도 분명 그들의 개성 강한 외모는 '남들이 뭐라 하든 내 멋대로 사는' 정신세계까지 반영한다. 그들과 친해져 이야기해보라. 어느 별에서 왔니를 세 번 반복하게 될지 모른다.

그럼 나는 어떤가. 청재킷에는 꽃무늬 원피스, 가죽 재킷에는 청바지, 체크 스커트에는 흰 셔츠밖에 매치하지 못하는 매우 온건하고 절제된 패션 감각을 갖고 있으며 머리는 몇 년째 얌전한 갈색으로 염색하고 새 옷을 살 때면 되도록 무난한 디자인에, 집에 있는 옷들과 어울리는, 군중 속에 섞일 수 있는 옷을 찾는다. 그래서 내가 가장 자주 골라잡게 되는 옷이 회색이다. 회색 인간의 회색 사랑.

그러니 외모상으로 나는 참으로 'normal'하고 'conventional'관습적인한 사람이 되겠다.

'conventional'과 반대되는 단어 중 하나로, 내가 아끼는 단어 'quirky'가 있다. 캠브리지 사전의 정의는 '매력적으로, 재미있는 방식으로 독특한'이다. 이상하고 황당한데 쿨한 것. 캐릭터로 예를 들자면 〈프렌즈〉의 피비랄까.

내가 이 단어에 애착을 갖게 된 이유는 아마도 아는 사람이 몇 안 될 〈알래스카의 봄〉Northern Exposure이라는 90년대 초반 미국 드라마 때문일 것이다. 이 드라마의 엉뚱하고 별난 캐릭터들은 지금 봐도 신선하며 평론가와 팬들은 애정을 담아 quirky라는 단어로 묘사한다.

이 드라마뿐만 아니라 20~30대 내내 주인공의 엉뚱한 상상력이 시도 때도 없이 발동하는 〈앨리 맥빌〉 같은 드라마를 비롯해 영상 번역가들도 처음 들어본다는 〈필라델피아는 언제나 맑음〉, 〈서버가토리〉 혹은 〈오피스〉, 〈팍스 앤 레크리에이션〉 등을 섭렵하며 '쿼키'한 캐릭터와 예상을 세 단계쯤 벗어나는 황당무계한 상황에 매료되어왔다. 오늘도 회색 후드 티셔츠에 차콜색 레깅스를 신은 교외 중산층 아줌마는 지하철을 타고 가면서 미리 저장해둔 〈크레이지 엑스 걸프렌드〉 최신 에피소드를 본다.

바스락거릴 정도로 건조한 햇살이 거실 깊숙이 들어오는 일요일 아침, 이 햇살을 그냥 두고 볼 수만은 없었다. 일주일 동안 밀린 빨래가 걱정이 되었던 것이다. 그러나 세제가 똑 떨어지고 없었다. 이미 승부가 결정 난 듯 보이는 야구 경기의 7회가 끝나자마자 지갑 하나만 들고 마트로 달려갔다. 그리고 처음 사보는 액상 세제와 처음 보는 브랜드의 섬유유연제를 한 통씩 들고 나왔다. 둘 다 2리터가 넘는 크고 묵직한 플라스틱 통으로 등 쪽에 손잡이가 있다. 한 손에는 세제, 한 손에는 섬유유연제를 들고 무기를 확보한 병사처럼 씩씩한 걸음으로 계산대로 향하는데 갑자기 내 머릿속에 떠오른 상상.

나는 레옹이다. 레옹이 아닌 누구든 나는 양손에 기관총을 든 정의의 전사. 샴푸와 폼클렌저 사이로 나타난 테러리스트들을 개머리판, 아니 보라색 꽃무늬가 그려진 세제 통으로 내리친 다음 그들의 얼굴에 라벤더 향이 나긴 하지만 알고 보면 눈을 뜨지 못하게 하는 독성 섬유유연제를 뿌린다. 유유히 사라지는 고독한 내 등 뒤로 흐르는 스팅의 〈Shape of My Heart〉.

이런 엉뚱한 상상은 불시에 나를 방문한다.

추운 겨울날 냉장고가 텅텅 비어 어쩔 수 없이 집 앞 반찬 가게로 설렁탕을 사러 가면서 중얼거린다.

나는 동굴 속에서 며칠 동안 배를 곪고 있는 새끼들을 위해 눈보라를 헤치고 나가는 늑대다. 저기 반찬 가게까지 늑대 갈기, 아니 감지 않은 머리카락을 날리며 뛰어가기로 한다. 그런데 늑대는 사냥을 하러 갈 때 손가락에 음식물 쓰레기 봉지를 끼고 나오진 않겠지? 늑대 엄마는 음식물 쓰레기를 어떻게 처리하지?

아파트 단지 앞 과일 트럭에 과일을 사러 갈 때면 곽도원을 닮은 아저씨가 나를 트럭 앞자리로 납치해 취조하는 상상을 한다.

"우리 집 참외가 맛있나 복숭아가 맛있나?"

"다 맛있어요."

"좋은 말로 할 때 불어."

"지난번에 주신 복숭아 맛없어서 다 버렸잖아요. 맛없는 복숭아는 설탕 넣고 복숭아조림을 하면 된다는데 내가 그런 걸 할리가 없잖아요. 흑흑."

뭐지? 쓰고 보니 나 이상하잖아? 남들도 다 이러나?

피비처럼 〈스멜리 캣〉을 작곡하지는 않지만, 히피처럼 옷을 입지는 못하지만, 빨래와 반찬 걱정이 일상을 잠식하고 있을지라도 머릿속은 얼마든지 남다르고 기발하며 '쿼키'한 여자.

상상 속 내 미래에서 나는 〈언브레이커블 키미 슈미트〉의 독특한 할머니 릴리안이다. 가수 지망생 흑인 게이와 벙커에서 15년 동안 살다 나온 키미 슈미트와 친하게 지내면서 젠트리피케이션 반대 1인 시위를 하고 온갖 상황에 간섭을 하며 100개쯤 되는 가명으로 연기를 펼치는 뽀글머리 할머니.

할머니가 되면 나도 한두 번쯤은 외모에 파격적인 시도를 할지도 모르겠다. 타투를 두세 개 새길지도 모르겠다. 그러면서도 사는 모습은 여전히 대한민국 평균에 속하는, 손주와 놀이터에서 놀아주고 문화센터에서 라인댄스를 하는 할머니일지도 모르겠다.

그러나 벙벙한 회색 원피스를 입고 관절염약과 염색약을 사러 가면서도 내 머릿속에서는 또 한 번 쿼키 시트콤이 펼쳐지게 되리라는 건 쉽게 예상할 수 있겠다.

quirky

: 매력적으로, 재미있는 방식으로 독특한

빨래와 반찬 걱정이 일상을 잠식하고 있을지라도
머릿속은 얼마든지 남다르고 기발할 수 있으니까.

NO. 06

어떤 나이의 나

women of a certain age

《행복한 은퇴》라는 책의 번역 후기에 이렇게 쓴 적이 있다.

가끔 어서 나이가 들어버렸으면 좋겠다고 중얼거린 적이 있다. 눈에 밟히고 마음을 짓누르는 끝없는 집안일과 아이 교육에 대한 근심과 일 욕심에서 벗어나 공기처럼 가벼운 기분으로 아무 할 일도 없는 하루를 맞고 싶다고 생각한다. 노트북이 든 무거운 가방을 메고 오늘의 작업 목표와 저녁 반찬을 동시에 떠올리며 바삐 걷다가 노래 교실에서 친구들과 하하 호호 하며 나오는 곱게 화장한 할머니들을 바라볼 때면 어느 작가의 어머니가 했다는 '70대에 나는 가장 행복했다'는 말을 떠올리곤 했다.

사설이 너무 길었다. 사실 내 속마음은 하루 종일 스포츠 경기를 보아도 쓰레기가 된 기분이 들지 않기 위해 차라리 늙었으면 좋겠다는 것이다.

언젠가부터 아이들을 다 키워놓았을 법한 중년에서 노년 사이의 여인들에게 시선이 머물렀다. 도시의 거리를 빛나게 하는 활기 넘치는 젊은 남녀의 세계는 이제는 내가 갈 수 없는 외계의 행성이었고, 중년과 노년의 여성은 머지않아 다가올 나의 미래이자 나의 정착지이자 다양한 가능성으로 보이기 시작했다.

그러다 한 번역서에서 내가 바라보는 여성들을 가리키는 근사한 표현을 하나 발견했다.

women of a certain age. '어떤' 나이의 여인. 'middle aged woman'이나 'old woman'처럼 나이를 암시하는 단어가 없다. 분명 젊지는 않지만 그렇다고 노년이라고는 할 수는 없는 여성. 스스로도 굳이 나이를 밝히고 싶어하지 않고 누가 함부로 묻지도 않는다. 어원을 따라가서 영국과 프랑스의 기록을 보면 독신 여성이거나 40대 여성을 가리키기도 했으나 이 단어가 주는 체감 나이는 점점 올라가고 있는 추세다. 최근에는 폐경기 전후의 여성으로 혼자 조용히 모닝커피 시간을 즐기고 페미니즘 책을 읽고 머리를 단정하게 자르고 아로마테라피를 좋아하는 여성 이미지로 소개되어 있기도 하다.

특히 외모와 피부에 대한 관심이 커지고 노화가 더뎌지면서 나이를 가늠할 수 없는 요즘에는 더 적당한 표현이 아닐 수 없다. 아줌마라든가 어머니, 부인, 여사님, 하물며 할줌마 같은 비호감 단어 대신 이 세대 여성을 가리키는 조심스러운 우리말 표현이 어디 없을까.

이 표현은 《프랑스와 사랑에 빠지는 여행법》이란 책에서 칸을 소개하는 챕터에 나온다. 럭셔리하고도 나른한 라 크루아제트 거리를 묘사한 다음 미니어처 푸들을 산책시키는 'ladies of a certain age'(나이를 짐작할 수 없는 중년이나 노년의 여성)가 천천히 지나간다고 썼다. 번역하면서 나는 자연스럽게 내가 영화에서 항상 봐온 아름답고 부유한 고학력 백인 여성을 연상했다. 제인 폰다, 다이안 키튼, 다이안 레인, 아네트 베닝 등등.

마르시아 드상티스의 이 책은 너무나 이지적이고 기품 있는 여행기다. 저자의 예술과 역사에 대한 해박한 지식, 풍경과 요리의 섬세한 묘사에 매번 놀라며 각 챕터의 마지막 문장을 다듬었다.

그런데 마침 이 책을 번역하던 도중 프랑스에 다녀오게 되면서 내가 여기 소개된 여행지에 간다고 해도 저자와 동일한 체험을 할 수는 없겠다는 씁쓸한 생각이 들었다. 당시 파리에서 거의 3주 동안 머물며 현지인처럼 살기를 해보았는데 유명 관광지를 다 간 후에는 갈 곳이 딱히 없어 아이와 과학관까지 가게 되었다. 입장을 기다리다가 앞에 있던 프랑스 남자와 부딪쳤는데 그 남자는 잠시 얼굴을 찡그리더니 아내에게 이렇게 말했다. "Chinoise? Japonaise?" 내 몸이 닿는 것이 싫었던 두 사람은 동양인 여자를 바로 뒤에 두고 "뭐지? 중국인이야, 일본인이야?"라고 말한 것이다. 하필 나는 알리앙스 프랑세즈까지 다니며 프랑스어를 두 달간 배우고 갔기 때문에 남자의 말을 알아들을 수 있었고 그를 붙들고 따지고 싶었다. "나 다 알아들었어요. 한국인이라고요. Je suis Coréenne거든요."

다시 한국으로 돌아와서는 이 저자처럼 그라스에서 나만의 향수를 만들지도 못하고, 오베르뉴 미슐랭 식당의 셰프 테이블에는 앉아보지 못할 것이라고 체념하며 번역을 했다. 나는 프랑스어를 못하고 백인 여성이 아니니까. 프린스턴 대학교에서 슬라브 문학을 전공하고 프랑스 남성과 결혼해 프랑스에서 일하다가 지금은 코네티컷에 살고 있는 저자. 프랑스어를 자유롭게 구사하는 지적이고 아름다운 미국 여성의 프랑스 여행기는 최고급 와인 같은 글을 읽는 기쁨을 선사하고 마담 드 세비녜와 르 코르뷔지에를 소개해주었지만 그와 동시에 나의 태생적, 경제적 한계와 그로 인한 체험의 한계를 일깨워주기도 했다.

그리고 어느 날 식품관이나 구경할까 해서 가본 한 신도시 백화점의 명품관 옆 1층 레스토랑에서 브런치를 먹고 있는 여인들을 보며 다시 'women of a certain age'란 표현을 떠올렸다. 이 표현은 바로 저런 여성들을 말할 때 쓰는 것이라고. 윤기가 감도는 베이지색 캐시미어 니트에 은은히 빛나는 액세서리를 하고, 방금 미용실에서 나온 듯한 단발머리를 찰랑이며 그림 투자 이야기를 할 법한 저 여인들.

사랑하며 번역한 이 책도, 이 여인에 관한 표현도 나는 가닿을 수 없는 다른 경제적 계급을 대표하는 것만 같아 뾰족한 심경이 되었다.

그렇게 몇 년이 지나고 동네에서 스쳐 지나가기만 한 수많은 중년과 노년 사이의 여성들과 아주 가까워질 수 있는 기회를 얻게 되었다.

일주일에 한 번 있는 문화센터 인체 드로잉 수업에 1년 동안

다닐 때였다. 열 명 남짓이 동그랗게 모여 모델을 보면서 수채화로, 연필로 두 시간 반 동안 열심히 그림을 그린다. 30대가 한 명 있고 내가 두 번째로 어리고 나머지 회원들의 연령은 나보다 많은 건 분명하지만 묻지는 않는다. 그런 건 중요치 않다. 그림을 좋아해 모인 여인들일 뿐. 나는 글이나 번역과는 다른 종류의 창작의 즐거움에 몰두하며 이들이 만드는 온화하고 아늑한 분위기에 젖어든다. 한 분이 말한다.

"음악 들으면서 그림만 그리고. 얼마나 좋아. 이게 바로 신선놀음이지."

동네 헬스클럽에서도 서로를 '언니'라 부르는 나이를 짐작할 수 없는 여인들을 만나게 되었다. 체형은 각각 다르지만 운동과 목욕을 사랑하는 이 여성들이 드라이로 머리를 말릴 때면 하나같이 피부가 반짝반짝해 보인다는 공통점이 있다.

"실례지만 언니 연세가 어떻게 되더라?"

"그런 걸 왜 물어보는 거야? 밝힐 수 없어."

"숙녀에게 묻지 않아야 할 걸 물었네. 미안."

그들의 대화와 언어와 일상에서, 내가 지나쳐온 20대와 30대보다 훨씬 여유롭고 그윽한 세계를 엿보았다. 그리고 지금처럼 최선을 다해 아이를 키우고 일할 수 있을 때 열심히 해놓고 정신과 건강을 관리한다면 《행복한 은퇴》를 번역하면서 그렸던 건강한 노년에 무난히 안착할 수 있을 것 같다는 기대감을 품게 되었다. 어쩌면 인생의 전성기는 그때일지도 모른다고.

어느 토요일 오후, 아파트 단지를 걷다가 열정적으로 에어로빅을 하고 헬스클럽 사우나에 아침저녁으로 와서 나에게도, 다른 사람들과도 반갑게 인사하던 언니, 아니 '달래'라 불리던 'a woman of a certain age'를 보았다. 당연히 사우나에서와는 다른 모습으로 스커트에 트렌치코트를 입고 높은 구두를 신고 스카프를 멋지게 매고 있었다. 이목구비가 뚜렷한 얼굴에 화장을 하니 강렬한 포스와 분위기까지 더해져 이탈리아 여배우 같았다. 그분은 트렌치코트를 휘날리며 뒤돌아서더니 강아지에게 인사했다.

"달래 잘 있어. 엄마 다녀올게."

언젠가 말했던 믹스견 이름이 달래였구나. 왠지 그분이 아무 근심과 욕심이 없는, 느긋하고 우아한 토요일 저녁 시간을 보내고 올 것 같았다.

에필로그(감사의 글)

2015년 11월 30일 일기를 다시 보니 메이저리그 출신으로 NC 다이노스에서 활약하다 다시 밀워키 브루어스로 돌아간 야구 선수 에릭 테임즈 인터뷰에서 시작한다.

Q. 일곱 살 때부터 야구팀에 소속돼 야구를 해왔으니 22년 됐습니다. 야구는 당신에게 무엇을 가르쳐줬나요?
A. 오, 엄청난 질문이군요. 야구는 저에게 실패를 가르쳐줬습니다. 실패 앞에서 어떻게 할 것인가를 야구에서 배웠습니다. 야구를 한다는 것은 실패를 경험한다는 것입니다. 수많은 실패와 좌절을 겪은 끝에 저는 조금 더 현명해졌고 또다시 실패했을 때 어떻게 할 것인지 알게 됐어요. 야구는 저에게 '너 자신이 되어라'고 가르쳤습니다.

나도 언젠가 책을 내고 북 콘서트나 강연을 하게 된다면 '실패'에 대해서 이야기하고 싶다.

왜 이렇게 나는 오랫동안 글쓰기에 실패했나.
왜 이렇게 실패를 거듭했나.
이 무너지는 감정을 어떻게 소화할 것인가.
정말 하고 싶다. 실패에 대한 구구절절한 이야기.

3년 동안 이 생각만큼은 고이고이 간직하고 있었나 보다. 아니면 3년 동안 실패를 추가 적립해서 쓸 말이 많아졌던가.

원고를 일부 보내고 나서 편집자가 원고에서 받은 느낌을 이야기해주는 걸 듣고 내가 드디어 해냈음을 알았다. 좌절이 특기인 루저의 심정을 그려냈음을.

편집자에게 처음 메일을 받았을 때의 내 표정 변화를 동영상으로 보내고 싶다. 당연히 번역 의뢰일 줄 알고 심드렁하게 메일을 열었다가 단행본 집필임을 확인한 후 서서히 믿을 수 없음, 도저히 믿을 수 없음, 환희, 감격으로 바뀌던 내 얼굴을.

내 글의 가능성을 알아봐준 내 첫 책의 편집자는 내게 언제까지나 특별할 것이다.

날이 갈수록 사랑스러워지는 부모님. 위태위태한 둘째딸을 보면서도 언젠가 해내리라고 믿어주셨다는 것을 알고 있다. 우리 집의 기둥이 되어주는 현명한 언니와 존재만으로도 위로와 용기가 되는 동생에게 응원해줘서 고맙다고 말하고 싶다. 아이가 여섯 살이 될 때까지 살뜰히 아이를 봐주신 우주 최고 시어머니, 근사한 산책로와 등산로를 발굴해 나를 데려가는 남편과 운명의 사랑 하연이에게도 자랑하고 싶다. 내 욕망과 자학의 랩소디를 인내심 있게 들어준 친구 Y와 J에게 맛있는 밥 한 끼 사야겠다.

잠깐 그런데 이런 식으로 감사의 글을 써도 될까? 번역서의 역자 후기에서는 감히 할 수 없는 일을 지금 하고 있어서 불안하다. 사실 '감사의 글'은 이미 책 한 권을 끝내서 지칠 대로 지친 데다가 이름만 나열되기 때문에 가장 번역하기 싫은 부분 중 하나다. 감사의 글을 한도 끝도 없이 길게 쓰는 저자는 미워질 때도 있다. 하지만 이 부분은 내가 번역할 일 없으니 맘대로 쓰도록 하자.

미국 남부, 특히 뉴올리언스 지방은 작가가 많이 배출되기로 유명하다. 나탈리 골드버그는 《버리는 글쓰기》에서 이렇게 말했다.

다른 지역 사람들과 달리 남부 사람들은 패배를 안다. 패배는 사람의 마음을 취약하게 만들고 내면의 공포심을 심어준다. 마치 그들을 구성하고 있는 기반이 모래 위에 있는 것 같다고 느낄 것이다. 이것은 작가에게 매우 비옥한 토지이다.

비옥한 토지가 되었던 나의 작가로서의 실패에, 번역가로서의 좌절에, 인간으로서의 패배에 이제는 감사한다. 제발 읽을 만한 글이었길 소망할 뿐이다.

참고 도서

퍼트리샤 하이스미스, 《완벽주의자》, 민승남 옮김(민음사, 2009)
리베카 솔닛, 《걷기의 인문학》, 김정아 옮김(반비, 2017)
글로리아 스타이넘, 《길 위의 인생》, 고정아 옮김(학고재, 2017)
에이미 폴러, 《예스 플리즈》, 김민희 옮김(책덕, 2017)
카트린 아를레, 《지푸라기 여자》, 홍은주 옮김(북하우스, 2006)
은유, 《싸울 때마다 투명해진다》(서해문집, 2016)
김남주, 《사라지는 번역자들》(마음산책, 2016)
마리안 캔트웰, 《나는 나에게 월급을 준다》, 노지양 옮김(중앙북스, 2013)
호프 자런, 《랩 걸》, 김희정 옮김(알마, 2017)
서머싯 몸, 《불멸의 작가, 위대한 상상력》, 권정관 옮김(개마고원, 2008)
애거서 크리스티, 《애거서 크리스티 자서전》, 김시현 옮김(황금가지, 2014)
더글라스 케네디, 《빅 퀘스천》, 조동섭 옮김(밝은세상, 2015)
에리카 종, 《비행공포》, 이진 옮김(비채, 2017)
수전 손택, 조너선 콧, 《수전 손택의 말》, 김선형 옮김(마음산책, 2015)
데버라 리비, 《알고 싶지 않은 것들》, 이예원 옮김(플레이타임, 2018)
세라 요게브, 《행복한 은퇴》, 노지양 옮김(이룸북, 2015)
나탈리 골드버그, 《버리는 글쓰기》, 차윤진 옮김(북뱅, 2014)